Arsène Lupin 亞森．羅蘋冒險系列 04

L'Aiguille creuse

奇巖城

莫里斯．盧布朗／著
蘇瑩文／譯

好讀出版

推薦序

亞森・羅蘋版的國家寶藏

——談《奇巖城》

推理作家　既晴

以作品的整體水準而論，情節曲折離奇、人物刻劃鮮明的《８１３之謎》（*813*，1910），堪稱亞森・羅蘋長篇探案的最高傑作，不過，早《８１３之謎》一年發表的《奇巖城》（*L'Aiguille creuse*，1909），則應是書迷公認最鍾愛的一部。

若不談同一年莫里斯・盧布朗稍早發表的戲劇作品《羅蘋的冒險》（*Arsène Lupin*），作爲羅蘋長篇小說首部曲的《奇巖城》，是自羅蘋誕生以後，把原本只活躍在《怪盜紳士亞森・羅蘋》

（*Arsène Lupin, Gentleman-Cambrioleur*，1907）與《怪盜與名偵探》（*Arsène Lupin contre Herlock Sholmès*，1908）兩個短篇集的怪盜羅蘋，做了一次集大成的演出，其中，讀者將領略到羅蘋探案裡所有引人入勝的故事情節，包括凶殺、暗號、變裝、戀愛、冒險、尋寶等多種元素，而對於羅蘋其人神祕的身家背景，也會有完整的瞭解。

《奇巖城》的法文書名原意是「空心的針」，是故事裡暗號解謎的重點，英文書名即直譯爲《*Hollow Needle*》，不過，日本翻譯家保篠龍緒卻認爲此一書名對日本人而言不易理解，於是在參酌故事內容後，大膽將書名改譯成《奇巖城》，被認爲很能傳達作品本意，大獲贊同，因而沿用至今。華文出版界也遵循了這個譯名。

本作之所以深受讀者喜愛，第一個因素是起用十七歲的少年偵探伊席鐸·伯特雷（Isidore Beautrelet）。伯特雷的人物原型，是法國推理作家卡斯頓·勒胡（Gaston Leroux）《黃色房間的祕密》（*Le mystère de la chambre jaune*，1907）裡擔綱偵探角色的十八歲青年記者約瑟夫·胡爾達必（Joseph Rouletabille）。極爲年輕的伯特雷貫串全書，不斷提出超乎想像的推論，與羅蘋周旋到底，風頭之健，大大超越了巴黎警界名探長葛尼瑪（l'inspecteur principal Ganimard）與諧仿夏洛克·福爾摩斯（Sherlock Holmes）的英國偵探福洛克·夏爾摩斯（Herlock Sholmès），使《奇巖城》呈現出少年推理讀物大鬥智、大冒險的華麗氣氛。日本後來又將《奇巖城》改寫成兒童讀物，同樣也有中文譯本，影響層面也就更深、更廣了。

其次，從暗號推理的角度來看，《奇巖城》繼承了推理界始祖愛倫坡（Edgar Allan Poe）名作《金甲蟲》（*The Gold-Bug*，1843）中針對英文語系特徵的「假設、演繹、證明」的三段式論理精神，盧布朗針對法文語系的構成，也展現了精確而驚奇的推理，不僅如此，他還利用密碼中隱晦的字句設計了多重逆轉，讓原本屬於邏輯分析的枯燥過程，變得更加高潮迭起。

當然，還是要回歸到故事本身的戲劇張力。以城堡入侵凶殺案爲始，連接盜賊消失事件，待神祕暗號出現後，則是偵探與怪盜的對決，層出不窮的意外性，令人目不暇給、驚呼連連，而關於暗號中所指向的「最後終點」（由於涉及謎底，請恕我模糊帶過），場景之雄偉壯闊，與歷史事件的糾葛之深，已成爲冒險推理類型的經典段落。

最後，關於這個「最後終點」，在法國不但眞有其地，還建有一座「莫里斯・盧布朗紀念館」（Maison Maurice Leblanc），又稱「亞森・羅蘋的隱居之家」（Le Clos Arsène Lupin），非常値得讀過《奇巖城》、喜愛羅蘋的朋友們前去一遊。

羅蘋與他的最佳對手（不是福爾摩斯！）

推理評論名家　顏九笙

你所知的亞森・羅蘋是怎麼樣的角色？絕不殺人、帥到簡直不眞實、嘍囉用都用不完、易容術超強的愛國俠盜？（他加入外籍兵團爲國效命的那段時間，是否還能繼續貫徹「不殺」原則？）如果你對他的了解，大半來自東方出版社經過翻譯改寫的簡化版，那你絕對有必要一讀未經削減的成人版本。甚至就算你已經讀過小知堂在九年前推出的舊譯本，現在好讀出版的《奇巖城》新譯本也絕對值得再讀一次，我認眞掛保證。

雖然我是羅蘋迷，但「以前」我對《奇巖城》其實沒什麼興趣。我對羅蘋系列短篇集的評價，本來就高於長篇——短篇小說要是沒有優秀扎實的核心構想，就無法成篇；長篇小說反而比較容易利用刺激的動作場面或意外轉折來製造張力，對於我的推理魂來說，當然是短篇集帶來的滿足感比較大。《奇巖城》的故事雖然沒有結構鬆散的問題（畢竟是早期的長篇，盧布朗腦子裡的構想都還很新鮮，謎團一個接一個，安排得十分緊湊），主軸卻是羅蘋和少年偵探伊席鐸・伯特雷的對抗——有很多時候，站在舞台中央的是伯特雷這個角色，像我這種有羅蘋上癮症的讀者，往往會有一股衝動要跳過關於他的部分，叫羅蘋趕快出來面對觀眾。

不過，那是「以前」的想法了。這回我有點懶洋洋地打開新版譯本，結果卻發現我進入了一個新世界。舊有全譯本的細微誤譯更正了，而且蘇瑩文小姐的譯筆更加生動傳神（文字編輯或許也有功勞），讓我第一次發現，青澀可愛的少年偵探伯特雷也值得讀者付出全副的注意力；在羅蘋的無數偵探對手之中，他比盧布朗描寫的傻瓜版福爾摩斯、或者慢半拍的葛尼瑪更鮮活有力，他和羅蘋就像是光與影，彼此襯托對照。

讀過「成人版」的羅蘋，你就會發現羅蘋果然不是「好人」。他或許不喜歡傷人，他或許表面上風度翩翩，但爲了達成目的，他還是可以非常粗魯，以暴力威脅他人；更過分的是，他用計騙了別人以後，還忍不住要狂妄地炫耀一番——比別人聰明大膽、卻終究涉世未深的伯特雷，就因此屢屢功虧一簣，甚至被逼得掉下眼淚。稍有正義感的讀者，都會同情這位純眞的少年吧。所以羅蘋其實是個討厭鬼嗎？我們必須承認，他的人格頗有缺陷，他不是兒童版裡那位無瑕的成熟紳士，他有時候好勝心強到很幼稚，但他面對危機也談笑自若的輕鬆態度、讓人哭笑不得的反諷幽默感，終究連敵人都爲之折服——你看，伯特雷終究還是被他逗笑了嘛！

不知道盧布朗是否覺得伯特雷太有潛力，可能會威脅到羅蘋的地位，後來這位少年偵探就沒再出現了。所以請大家好好珍惜這本書吧，這是充滿魅力的青年賊王與少年偵探第一次也是最後一次的精采對決！

contents 目錄

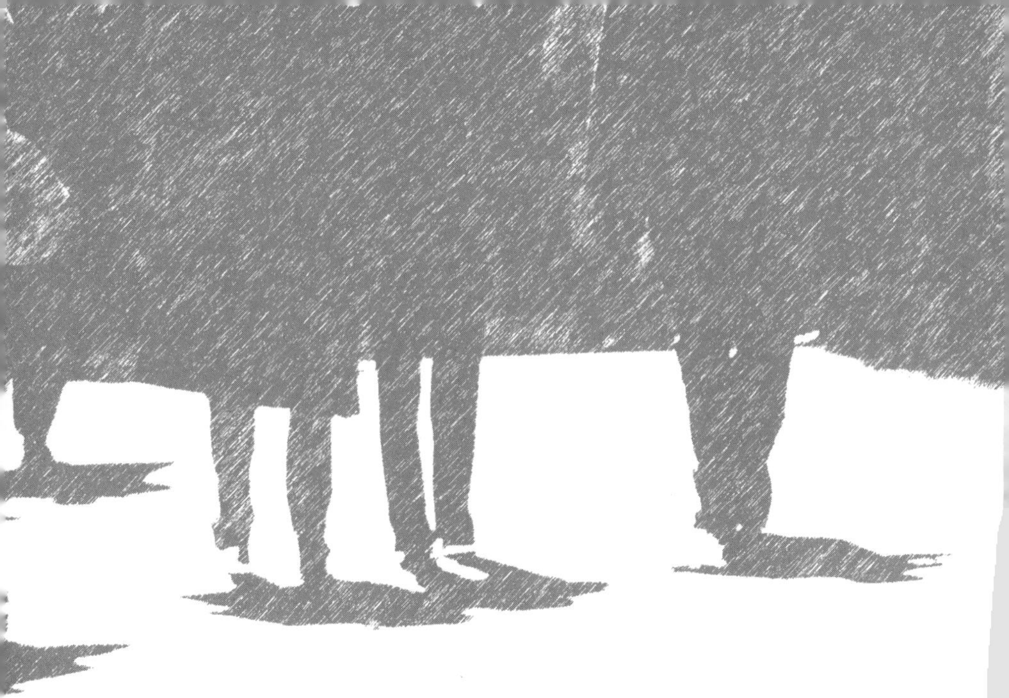

chapter 1

槍聲響起

蕾夢側耳傾聽，這不是她今夜初次聽到這聲響。在寧靜的夜裡，聲音雖然清晰可辨，但是微弱的音量卻使她無從判斷距離，她不知道聲響究竟來自城堡裡面，還是從外頭陰暗的大花園傳進來的。

她悄悄起身，推開半閉的窗戶。皎潔的月光照亮靜謐的景象，草坪和灌木叢之間依稀可以看見古老修道院的廢墟，傾圮的建築僅剩下斷垣殘壁，拱頂早已殘破，長廊也成了石堆瓦礫。微風拂過廢墟，掠過光裸的枝枒和挺拔的樹木，只吹動了葉片。

突如其來的聲響再次出現。聲音來自她房間下方的左側，也就是城堡西翼的大廳。

女孩雖然勇敢機警，心裡仍然免不了害怕。她披上睡袍，拿起火柴。

「蕾夢……蕾夢……」

隔壁房門沒關，有人用細弱的聲音呼喊她。她摸黑走過去，表妹蘇姍衝進她懷裡。

「蕾夢，是妳嗎？……妳聽到了嗎？」

「聽到了，妳聽到聲音才醒過來嗎？」

「我聽到狗吠聲醒來，有好一會兒了。但是，狗又靜了下來。現在幾點呢？」

「大概四點左右。」

「注意聽，有人在客廳裡走動。」

「別擔心，蘇姍，妳父親在家。」

「恐怕他也有危險，爸爸的房間就在小客廳旁邊。」

「達瓦先生也在……」

「他在城堡的另一側，怎麼可能聽得到？」

兩個女孩猶豫不決，不知如何是好。是否該放聲大喊求助呢？但是聲響讓她們不敢作聲。蘇姍靠向窗邊，驚呼一聲。

「妳看！水池邊有個男人。」

男人迅速移動，胳膊下夾著一件體積不小的物品，阻礙了他行進，女孩無法斷定他拿著什麼東西。他穿過老教堂前方，走向牆邊的小門，就在她們眼前消失，兩個女孩並沒有聽到門上鉸鏈發出嘎吱聲響，因此小門應該沒關上。

「他從大廳出來的。」蘇姍低聲說。

「不，如果他經過樓梯從前廊出來，應該會更靠左側，除非……」

兩人想法一致，不約而同地探出身子往下看，發現下方有座梯子靠著二樓的牆面。月光映在石頭陽台上，她們看到另一個男人同樣也拿著東西，跨出陽台，順著梯子往下滑，朝同一條路徑走去。蘇姍驚慌失措，跪坐在地上，結結巴巴地說：「快喊！找人來幫忙！」

「有誰會來？妳父親……如果還有其他人，萬一他們攻擊他怎麼辦？」

「我們可以叫佣人來。妳去按直通佣人房樓層的叫人鈴。」

「對……可以，就這樣，希望來得及！」

蕾夢按下床邊電鈴，樓上的鈴聲響了起來，兩個女孩覺得樓下人們似乎也聽到了清晰的鈴聲。她們等了一會兒，這片寧靜反教人膽顫心驚，連微風都不再吹動葉片。

「我好怕，眞的好害怕……」蘇姍反覆地說。

突然間，樓下傳來打鬥聲，家具碰撞聲中夾雜著斥喝，隨後傳來一陣淒厲陰森的沙啞喘息，彷彿有人被勒住頸子。

蕾夢跳起來朝門口跑過去，蘇姍情急拉扯她的袖子。

「不要把我丟在這裡，我會害怕。」

蕾夢推開蘇姍，朝走廊跑去，蘇姍跌跌撞撞緊跟在表姊身後，無法控制地尖叫。蕾夢衝下樓梯來到客廳門邊，倏地停住腳步，蘇姍猛然跌在她身旁。一個男人站在她們面前，距離只有三步之遙，手上還提著一盞燈。他舉起手上的燈，光線照得兩個女孩眼前一花，他仔細端詳她們的臉孔之後，才不疾不徐地拾起帽子，用紙和麥稈掃掉地毯上的痕跡，走到陽台，向兩個女孩鞠躬致意，接著便失去了蹤影。

大廳和蘇姍父親的臥室之間有個小客廳，蘇姍先跑了進去，眼前的景象讓她目瞪口呆。在室內昏暗的光線下，她看到地上有兩個靠在一起的黑影。

「爸爸！爸爸！是你嗎，你怎麼了？」她靠向其中一個人影，驚駭地喊著。

沒多久，傑佛爾伯爵恢復意識。他以沙啞聲音回答：「別怕，我沒有受傷……達瓦呢？他還活著嗎？刀子呢？……刀子？」

這時候，兩名佣人帶著蠟燭來到客廳。蕾夢急忙趕到另一個人影旁邊，認出那是伯爵最信任的祕書祥恩．達瓦。達瓦臉色灰白，已經沒有氣息。

蕾夢起身回到客廳，從武器陳列櫃裡抓起一把長槍，裝上子彈，來到陽台。不到一分鐘之前，那名男子才剛爬下梯子，不可能走遠，況且，他還十分謹慎地花了些時間預先移開梯子，以延緩追兵的速度。果不其然，她發現男人沿著修道院的廢墟往前走。她將長槍抵在肩膀上，定下心，瞄準目標開火，男人應聲倒地。

「射中了！他中彈了！」一個佣人大聲喊：「我去逮住這傢伙。」

「不，維克多，他站起來了……從樓梯下去，快去守住小門。那是他唯一的退路。」

維克多絲毫沒有遲疑，但是他還沒跑到院子，男人便再次跌倒在地。

蕾夢喚來另一名佣人。「亞伯，看到了嗎？他在拱門那兒。」

「他爬進了草叢裡，看來應該是撐不住了。」

「你在這裡盯著。」

「他無路可逃的，廢墟的右邊就是整片空曠草坪……」

「而且，還有維克多守在左邊的小門。」她持起長槍說道。

「小姐，您別去！」

「讓開！」蕾夢語氣堅定，態度急切。「放開我，我還有一發子彈，如果他敢輕舉妄動……」

她走了出去。一會兒之後，亞伯看到她走向廢墟，站在窗口對她大叫：「他躲在拱廊後面，我看不見了！小心哪，小姐……」

蕾夢繞到傾圮的修道院後方，打算切斷男人的退路，她很快便從亞伯的視線範圍消失。幾分鐘之後，亞伯還是沒看到蕾夢，不免開始著急，他沒有走樓梯，而是奮力拖動梯子，眼睛一面緊盯廢墟。拉來梯子之後，他迅速往下爬，直奔向拱廊，也就是他最後見到男人行蹤的地方。亞伯沒跑多遠便看到蕾夢，她正在尋找維克多。

「怎麼樣了？」亞伯問道。

「根本沒看到人！」維克多回答。

「小門呢？」

「我剛從那裡過來，鑰匙在我手上。」

「但是，應該……」

「他無處可逃，要不了十分鐘，我們一定能逮到這個強盜。」

被槍聲驚醒的佃農帶著兒子從農場趕過來，他們的住處在城堡右側，離主宅有段距離，但仍在城牆的範圍之內。兩人一路過來，並沒有看到任何人。

「當然沒看到，」亞伯說：「這個惡賊根本沒有離開廢墟，我們一定可以在這裡找到他。」

眾人分頭搜捕，翻遍樹叢，扯開纏繞在斷柱之間的藤蔓。他們檢查教堂，確定沒有人破門而入，所有的窗戶仍然完好無缺，接著又仔細巡查修道院的每一個角落，仍是一無所獲。

唯一的斬獲，是他們在男人被蕾夢槍擊後倒地之處，發現一頂司機戴的黃褐色皮帽。除此之外，什麼也沒有。

* * *

早晨六點鐘，烏維爾駐警在接獲報案之後來到現場搜尋，隨後將初步報告快遞送給派駐在迪耶普的檢察官，內容除了犯罪現場的狀況之外，還提到主嫌幾乎遭到逮捕的經過，「於現場尋獲主嫌的帽子，以及犯案用的匕首。」十點鐘，兩輛汽車沿著平緩的斜坡往下駛向城堡。其中一輛是古典的四人座敞篷車，裡面載的是助理檢察官和帶著書記官同來的預審法官。第二輛汽車樸實許多，上面的乘客分別是《盧昂日報》以及巴黎某大報社的記者。

古老的城堡出現在眼前。這個地方是安普梅西修道院及院長居所的遺址，在法國大革命時遭到破壞，傑佛爾伯爵在二十年前買下這片產業，加以重新整修。城堡的主體建築上方有一座老鐘樓尖塔，往外延伸的兩翼尾端都有砌著石頭護欄的台階。花園圍牆的後方是整片平原，盡頭就是諾曼第陡直峭壁，從聖瑪格麗特和瓦宏吉兩個村莊之間望出去，可以看到蔚藍色的大海。

傑佛爾伯爵帶著蘇姍及蕾夢一起住在這個地方。伯爵的女兒蘇姍是個美麗嬌弱的金髮少女，外甥女蕾夢・聖維隆則是因爲父母在兩年前同時身亡而成了孤兒，因此由伯爵接來城堡同住。城堡裡的日子寧靜又規律，偶爾會有鄰居登門拜訪，到了夏天，伯爵幾乎每天都會帶兩個女孩到迪耶普去。伯爵本人身材高大，英挺的相貌十分嚴肅，髮絲日漸花白。財力雄厚的伯爵在祕書祥恩・達瓦的協助下，管理自己的資金和產業。

法官一走進城堡，柯維雍隊長立刻向他報告初步的發現。警方目前仍在搜索嫌犯，並且封鎖了花園的所有出入口，嫌犯隨時都可能就捕，不可能有逃脫的機會。

城堡的一樓是從前的修士會議室和餐廳，一行人穿過這兩間廳堂來到二樓之後，立刻注意到大廳的擺設井然有序，家具和擺設看起來都原封不動，似乎也無短少。左右兩側的牆壁上掛著法蘭德斯地區的精美壁毯，上面的人物栩栩如生。大廳盡頭懸掛著四幅美麗的神話畫作，用來裱畫的精美畫框還是同時期的作品。這幾幅魯本斯的作品和法蘭德斯的壁毯都是傑佛爾伯爵的舅舅——西班牙大公博巴迪亞侯爵——留給伯爵的遺贈。

菲爾法官看到之後說：「如果犯罪的動機是竊盜，那麼這間大廳絕無可能是下手的目標。」

「誰曉得呢？」助理檢察官回應。他的話不多，但只要一開口，發表的通常都是與法官相左的看法。

「怎麼著，親愛的檢察官先生，竊賊的目標若放在這裡，一定會先搬走這些舉世聞名的壁毯和畫作才對。」

「也許他們的時間不夠。」

「我們馬上就會知道答案了。」

就在這個時候，傑佛爾伯爵走了進來，身後還跟著一名醫師。伯爵似未受到稍早攻擊事件的影響，與兩位執法人員握手致意。接著，他拉開通往小客廳的門。

在竊案發生之後，除了醫師以外，沒有別人進來過這個小客廳。裡面凌亂的情況和大廳正好相反，兩張椅子翻倒在地，桌子遭到破壞，一些東西——包括了一只旅行小鐘、一個文件夾，以及一盒信紙盒——掉在地上，其中有幾張散落的白紙上還沾染著血跡。

醫師掀開蓋住屍體的床單。祥恩．達瓦身上是平日常穿的絨布裝束，腳上穿著釘鞋，仰躺在地上的身子壓住了一隻手臂。醫生拉開達瓦的襯衫，看到他的胸口有一處不小的傷口。

「應該是當場死亡，」醫生宣布：「一刀就足以斃命了。」

法官說：「凶器是我在大廳壁爐台上看到的那把刀子，旁邊還有一頂皮帽，對嗎？」

「是的，」伯爵證實這個說法，「刀子是從這個小客廳裡拿過去的，原來放在大廳的武器陳列櫃裡，我的外甥女聖維隆就是從同一個陳列櫃裡拿到的長槍。至於那頂司機皮帽，一定就是那個殺人犯的東西。」

菲爾法官仔細檢視小客廳，向醫生問了幾個問題之後，接著請傑佛爾伯爵重述事件經過，以及他所知道的細節。

伯爵表示：「祥恩·達瓦叫醒了我。我本來就睡得不沉，迷迷糊糊中，好像聽到了腳步聲，接著我突然睜開眼睛，看到達瓦拿著蠟燭站在我的床腳。他身上的裝扮和平常一樣，這不奇怪，因爲他經常工作到深夜。他當時神情十分緊張，低聲告訴我：『有人在客廳裡。』的確，我也聽到了聲響。我下床，輕輕推開小客廳的門。就在這個時候，有人推開大廳通向小客廳的門，接著向我撲了過來，一拳打在我的太陽穴上。法官，我沒辦法告訴您什麼細節，因爲我只記得這幾件重要的事。再說，整個事件發生得太突然。」

「之後呢？」

「之後，我就不省人事了。等我醒過來的時候，達瓦已經倒在地上，顯然是遭到了致命的攻擊。」

「依您初步判斷，是否有什麼可疑的人犯？」

「沒有。」

「您有沒有和什麼人結仇？」

「據我所知是沒有。」

「達瓦先生也沒有仇家？」

「達瓦！他怎麼可能有敵人？他是世界上最善良的人了。祥恩・達瓦擔任我的祕書已有二十年的時間，我對他完全信任，而且他和身邊的人一向相處融洽，感情也很和睦。」

「但是有人闖入城堡裡行竊，還犯下謀殺案，整件事背後一定有某種動機。」

「動機？那當然是單純的竊盜。」

「竊賊有沒有從您這裡偷走什麼東西？」

「什麼都沒有。」

「所以呢？」

「所以，竊賊沒偷東西，城堡裡什麼也沒有短少。但是，他還是拿走了某些物品。」

「是什麼東西呢？」

「這我就不知道了。但是我的女兒和外甥女可以向您確認，她們看到兩個男人先後穿過花園離開，而且都拿著體積龐大的東西。」

「兩位小姐會不會……」

「兩位小姐會不會是在作夢？我很希望是如此，因爲，我從一大早就忙著問她們問題，作各種假設，到現在已經筋疲力盡。但是，詢問她們倒不是件難事。」

伯爵差人請這對表姊妹來到大客廳。蘇姍的臉色蒼白，還在發抖，幾乎說不出話。蕾夢的氣色相形下就好得多，感覺較爲剛強；她比蘇姍漂亮，棕色眼睛炯炯有神，閃著金黃色的光彩。蕾夢敘述了昨晚的經過，以及自己在事件中扮演的角色。

「這麼說，蕾夢小姐，您可以確定自己的證詞清楚無誤？」

「不會錯的，兩個男人都帶著東西穿過花園。」

「第三個男人呢？」

「他空手離開。」

「您能不能爲我們描述他的長相？」

「他不斷晃動手上的燈，照得我們眼花撩亂。我只能說，他很高，而且體格相當健壯……」

「蘇姍小姐呢，您看到的也是這樣嗎？」法官問蘇姍・傑佛爾。

「是……嗯，但又不像是……」蘇姍想了想，又說：「我看到的人好像是中等身材，比較瘦小。」

菲爾法官臉上帶著微笑，他早已習慣了，證人對於同一個事件經常有不同的觀察和見解。

「所以說，我們手邊有個嫌犯——就是在大廳裡的這個男人，他既高又矮，既壯碩又瘦小。另一方面則有兩名嫌犯穿過城堡花園逃逸，妳們表示他們從客廳帶走了一些東西，但是這裡卻沒有任何物件短少。」

套句菲爾法官自己的說法，他是位「諷刺派」法官。同時，這位法官一點也不排斥成為眾人矚目的焦點，他喜歡在公開場合中賣弄自己的才幹。眼前的狀況正是如此，大客廳裡的觀眾越聚越多，除了兩名記者之外，還有佃農帶著兒子，園丁攜著妻子，再加上城堡的員工和由迪耶普開車過來的司機，全都來到了客廳。

法官繼續說話：「另外，對第三名竊賊究竟是如何消失蹤影，我們也必須找到一致的看法。蕾夢小姐，您是用這把槍，從這扇窗口往外射中他的，是嗎？」

「是的，那個男人當時的位置在修道院廢墟左側，就在被藤蔓覆蓋住的石頭墓碑旁邊。」

「但是他隨後又站起身來？」

「他沒有站直。維克多一點也沒耽擱，立刻下樓守住小門，我跟在他身後下樓，由僕人亞伯在客廳留守。」

接下來，在亞伯說出自己的證詞之後，法官作出結論。

「因此，根據您的說法，受傷的嫌犯不可能由左側脫逃，因為您的同事守住了小門。另外，他也不可能跑向右邊，否則您一定會看到他穿過草坪。所以，最合理的推斷應該是他目前仍然躲在我們眼前這片有限的空間裡。」

「我正是這麼想。」

「您的看法呢，小姐？」

「應是如此。」

「我也這麼認爲。」維克多接口說。

助理檢察官用譏諷的語調說：「範圍不大嘛，搜索行動才進行了四個小時，繼續找就好了。」

「也許我們的運氣會好一點。」

菲爾法官拿起放在爐台上的皮帽仔細檢查，接著叫來柯維薙隊長，私下對他說：「隊長，請您派個人到迪耶普的帽店去，看看梅格葉先生能不能告訴我們，他把這頂帽子賣給什麼人。」

助理檢察官口中的「搜索範圍」侷限在城堡、右前方草坪、左側圍牆和城堡正前方圍牆之間，大小約莫是一塊一百公尺平方的正方形，裡面正好是在中世紀時鼎鼎大名的安普梅西修道院廢墟。

他們隨即在草地上找到逃犯留下的蹤跡。草地上有兩處幾乎乾涸的血漬，顏色已經轉黑，但是在過了拱廊的轉角處——也就是修道院盡頭——之後，卻找不到其他痕跡，因爲泥土上鋪著一層樹上落下來的松針，不容易留下印記。但是，這名受傷的嫌犯究竟是如何躲過蕾夢、維克多和亞伯的視線呢？城堡裡的僕人和警方人員找遍了樹叢，只翻出了一些石塊，以及埋在灌木下的石碑。

法官請負責保管鑰匙的園丁打開小教堂的門，這座小教堂本身即是雕刻藝術的傑作，無情歲月和法國大革命破例手下留情，保存至今的小教堂前殿入口處雕工精湛，人物小雕像個個巧奪天工，可說是足以代表諾曼第哥德藝術的極品建築。小教堂的內部陳設十分簡單，屏除多餘的裝飾，只見一張大理石祭壇，不可能有任何躲藏的空間。況且，如果嫌犯眞躲在小教堂裡，也先得能進到裡面去。他要怎麼進去呢？

一行人接著來到一般訪客參觀修道院遺址時作爲出入口的小門邊，門外是條凹陷小路，一邊是圍牆，另一側是整片矮樹林，從這裡可以看到遠方幾處廢棄的採石場。菲爾法官彎下腰觀察，看到小路塵土上有防滑輪胎的壓痕。的確，在槍擊之後，蕾夢和維克多都認爲自己聽到了汽車引擎聲。

法官推測道：「應該是同夥接走了受傷的嫌犯。」

「不可能！」維克多大聲說：「當蕾夢小姐和亞伯還看得到他的時候，我就守在這個地方。」

「但是再怎麼說，他總得在某個地方啊！不是在外面就是在裡面，這才成理！」

「他就在這裡。」僕人仍堅持自己的看法。

法官聳聳肩，悶悶不樂地朝城堡走去。這個案子顯然不容易偵辦。在這椿搶案中沒有東西被偷，人犯不見蹤影，的確沒什麼値得高興的事。

* * *

時間不早了，於是傑佛爾伯爵邀請法官及檢察官和兩名記者共進午餐，席間，大家都默默無語。午餐結束後，菲爾法官回到大客廳繼續詢問城堡裡的僕人。這時城堡的前庭傳來一陣馬蹄聲，沒過多久，稍早被派去迪耶普的警察走了進來。

「啊，您找到了帽店老闆了是嗎？」法官大聲問，急著想聽消息。

「買帽子的人是位司機。」

「司機！」

「是的，這名司機開著車來到帽店門口，下來為他的乘客買了這頂黃色的司機皮帽。店裡只剩下這頂司機帽，這名司機連帽子的尺寸都沒問就付了錢，似乎很急。」

「他開的是哪種車？」

「四人座的汽車。」

「這是什麼時候的事？」

「什麼時候？就在今天早上啊！」

「今天早上？你在胡說些什麼？」

「這頂帽子是在今天早上賣出去的。」

「這是不可能的事！因為帽子是昨天晚上在花園裡發現的，所以帽子一定是在這之前就已經賣了出去才對。」

「就是今天早上，這是帽店老闆親口告訴我的。」

一時之間，大家都感到十分困惑。訝異的檢察官努力思考，想理清頭緒，突然間，他靈光乍現，跳起身子來。

「快去把今天上午載我們到這裡的司機帶過來！」

柯維雍隊長帶著下屬急急忙忙地跑向馬廄。幾分鐘之後，隊長單獨回來。

「司機呢？」

「他在廚房裡吃過午飯，之後……」

「之後怎麼樣？」

「他跑了。」

「把他的車子也開走了嗎？」

「沒有。他聲稱要到烏維爾去探視親戚，向馬夫借了腳踏車離開。他留下外套和帽子沒帶走，東西在這裡。」

「但是，他離開的時候難道沒有戴帽子嗎？」

「有的，他從口袋裡掏出一頂帽子，戴上之後才離開。」

「什麼帽子？」

「好像是一頂皮帽。」

「是黃色的皮帽嗎?不可能，因爲那頂帽子就在這裡。」

「的確是這樣沒錯，法官，司機那頂帽子和這頂幾乎一模一樣。」

助理檢察官帶著冷笑說：「太好笑了!眞有趣，竟然有兩頂帽子!所謂的司機戴走了我們唯一的物證，而你們手上的這頂卻是替代品。啊，這傢伙把我們耍得團團轉!」

「快去追，把他帶回來!」菲爾法官大聲嚷嚷，「柯維薙隊長，派兩個手下騎馬快追上去!」

「他早就跑遠了。」助理檢察官說。

「不管他跑多遠，我們都得逮住他。」

「我也希望如此，但是啊，法官先生，我認爲我們得把人力集中在城堡裡。您讀讀看我剛剛在外套口袋裡找到的紙條!」

「什麼外套?」

「司機留下來的外套。」

助理檢察官將摺疊起來的小紙條遞給法官，紙條上鉛筆的字跡有些潦草：「如果頭子遇害，將對小姐下手。」

這張紙條引來一陣混亂。

「眞機伶!他這是在警告我們。」助理檢察官低聲說。

「伯爵，」法官說：「請您不必害怕，兩位小姐也一樣。這個威脅不値得擔心，因爲執法人員就在這裡。我們會做好所有的防範措施，我保證大家安全無虞。」接著他轉身對兩位記者說：「至於兩位呢，我相信你們會保持緘默。由於我和媒體的關係一向友好，兩位先生才有這個機會來到辦案現場，你們如果辜負我，就未免……」

他突然停了下來，彷彿想到了什麼事，接著他輪流打量兩名年輕的記者，靠向前去和其中一人說：「您是哪家報社派來的記者？」

「《盧昂日報》。」

「您有證件嗎？」

「這就是。」

他的證件完全合乎規定，沒有可疑之處。

菲爾法官接著詢問另一名記者：「這位記者先生，您的證件呢？」

「我嗎？」

「是的，就是您，請問您是哪一間報社的記者？」

「天哪，法官先生，我爲好幾間報社撰稿……」

「您的證件呢？」

「我沒有證件。」

「怎麼會這樣？」

「只有固定在同一家報社工作的全職記者才能領到證件。」

「所以呢？」

「所以，我只是兼職的記者。我四處投稿，稿件不見得都會刊登出來，要看情況而定。」

「如果是這樣，請問您貴姓大名？您有什麼身分證件？」

「您一定沒聽過我的名字，至於身分證件呢，我也沒有。」

「您沒有任何證件足以證明您的職業嗎？」

「我沒有正式的工作。」

「那麼，這位先生，」法官用嚴峻的口吻大聲說：「在您使詐混進城堡，還得知警方的祕密資訊之後，您該不會認爲自己還能不報出姓名吧？」

「我想冒昧的提醒您，法官先生，當我來到這裡的時候，您什麼也沒問，因此我才沒有說。此外，我也不覺得這次的調查有何機密之處，因爲大家都來到現場了……包括嫌犯的一名同夥在內。」

他的語氣溫和，而且彬彬有禮。這個年輕人又高又瘦，身上的長褲太短，外套太緊。他的臉色像女孩一樣粉嫩，前額方正，頭髮理得短短的，金色的鬍子修剪得參差不齊，但是眼睛炯炯有神。他似乎一點也不覺得尷尬，臉上的微笑絲毫沒有譏諷的意味。

菲爾法官懷疑地盯著他看，兩名警察也靠了上來。年輕人愉快地說：「法官先生，您顯然懷疑我也是嫌犯。但如果眞的是如此，難道我不是早就該趁機逃跑，和我那名共犯一樣嗎？」

「您可能還希望——」

「任何希望都不可能合理。法官先生，您想想看，難道您不同意嗎？如果依照邏輯推理——」

菲爾法官直視著年輕人的雙眼，嚴厲地說：「玩笑開夠了！報出您的名字！」

「伊席鐸．伯特雷。」

「從事什麼職業？」

「我是巴黎詹生塞利中學的高年級學生。」

菲爾法官盯著他看，冷冷地說：「一派胡言，什麼高年級學生——」

「詹生中學，地址是邦普街——」

「夠了！」菲爾法官大聲說：「不要再開玩笑了！」

「我得說，法官先生，您這麼驚訝反而讓我意外。您爲什麼不覺得我會是詹生中學的學生呢？是因爲我的鬍子嗎？我可以向您保證，這把鬍子是假的。」

伊席鐸．伯特雷扯掉下巴上的幾撮假鬍子，光滑的臉孔看起來更年輕了些，臉色也更加紅潤，這的確是一張中學生的臉。他展現稚氣的笑容，露出一口潔白牙齒。

伊席鐸說：「您現在相信了嗎？還是說，您需要更多的證據？來，這是我父親寫給我的信：『詹生塞利中學住校生　伊席鐸．伯特雷先生收』。」

菲爾法官相信也好，懷疑也好，總之，他完全不欣賞這個故事。他粗聲粗氣地說：「您來這裡做什麼？」

「呃……來研究學習啊！」

「有學校專門教人研究學習，比方說，您的學校就可以。」

「法官先生，您忘了，今天是四月二十三日，剛好是復活節假期。」

「那又怎麼樣？」

「所以啦，我可以隨心所欲安排假期活動。」

「令尊呢？」

「我父親的住處離這裡很遠，在薩瓦省。而且，是他建議我到芒什省的海岸來走走。」

「假鬍子也是他的建議嗎？」

「喔，不是！這是我自己的主意。我們經常在學校裡討論神祕冒險故事，讀了很多偵探小說，書裡的人物經常會變裝。這讓我們對複雜又可怕的案件充滿幻想。所以，我決定戴上假鬍子好好玩一趟，再說，這還可以讓我看起來有架勢多了。接著，我假扮成來自巴黎的記者，經過了精采的一個禮拜之後，昨天晚上有幸認識了盧昂的同業。今天早上，他告訴我安普梅西有案件發生，邀我一塊兒前來，我們還一起分攤了租車的費用。」

伊席鐸・伯特雷說話的態度雖然不脫稚氣，卻是坦率又簡明，散發出讓人無法抗拒的魅力。菲爾法官儘管抱持著懷疑，但仍然津津有味地聽伊席鐸說話。

法官問話的語氣稍微緩和了些。「那麼您對這次的搜索還滿意嗎？」

「滿意極了！我從來沒參與過這樣的案件，眞是太有趣了。」

「更不必說這個案子還充滿了您最喜愛的神祕疑點。」

「法官先生，這個案子太刺激了！能夠看到隱藏在暗處的線索一個接著一個出現，逐步拼湊出可能的眞相，眞是讓人太興奮了。」

「可能的眞相？年輕人，您的動作還眞快！您這是說，您已經找到謎團的解答？」

「喔，不是這樣，」伊席鐸笑著說：「只是……對於有些細節，我似乎還沒什麼特別的推斷，但是有些環節十分清楚，只需要……下個結論就成了。」

「嗯！這就有趣了，看來我終於可以摸清楚一些事了。因爲，我得羞愧地承認自己到現在幾乎一無所知。」

「法官先生，這是因爲您還沒給自己時間去思考。重點在於思考，通常事實足以說明一切。您不覺得嗎？我這是就筆錄上的資料來找出線索的。」

「太不簡單了！這麼說，您知道客廳裡究竟失竊了什麼東西嗎？」

「我的確知道。」

「了不起！這位先生知道的比城堡主人還要多！傑佛爾伯爵清點過財物，但是伯特雷先生可沒有。難道客廳裡少了一座書櫃，或是眞人大小的雕像，卻無人發現？如果我再問您是否知道誰殺了祥恩・達瓦呢？」

「我同樣會說：我知道。」

在場的人全都嚇了一跳。助理檢察官和《盧昂日報》的記者靠向前去，傑佛爾伯爵和兩個年輕女孩側耳傾聽，伊席鐸・伯特雷鎮定的態度讓大家印象深刻。

「您知道誰是凶手？」

「是的。」

「也知道他現在人在哪裡？」

「沒錯。」

菲爾法官一邊摩拳擦掌，一邊說：「這豈不是太幸運了嘛！這次破案無疑是我職業生涯中最光榮的一刻。您方便現在就把這個驚天動地的謎底告訴我嗎？」

「現在，是可以……還是說，如果您不介意，再等個一兩個小時好嗎？先讓我全程參與您的辦案調查？」

「那可不行，年輕人，現在就說出來吧！」

就在這時候，蕾夢・聖維隆靠向菲爾法官，從一開始，她的眼光就沒離開過伊席鐸・伯特雷。

「法官先生……」

「有什麼事嗎，小姐？」

她猶豫了兩三秒鐘，仍然盯著伯特雷看，接著，她對法官說：「我想請您詢問這位先生，他昨天爲什麼在側門外的小徑上徘徊。」

這個戲劇性的轉折完全出乎大家的意料之外。伊席鐸．伯特雷流露出困惑的神色。

「我？小姐？是我嗎？您昨天看到了我？」

蕾夢依然若有所思，直視著伯特雷，似乎想要更確定自己的想法。接著，她堅定地說：「昨天下午四點鐘的時候，我在那條凹陷小徑上看到他。我當時正好要穿過小樹林，看到一個身材、穿著都和這位先生相仿的年輕人，鬍子也是這個樣子……我覺得他好像想要躲藏。」

「您認出那個人是我？」

「我沒有辦法百分之百確定，因爲我的印象有點模糊。但是……但是我覺得很像，否則，這麼相像不是很奇怪嗎？」

菲爾法官無比困惑。他稍早已經被案子的共犯騙倒一次，這回難道還要任一個高中生玩弄嗎？

「您怎麼說，先生？」

「小姐弄錯了，這不難證明。昨天下午那時刻，我人在佛勒斯鎮上。」

「您必須提出證明。不管怎麼說，現在情況不同了。隊長，請您派一個人看管這位先生。」

伊席鐸．伯特雷的表情十分氣惱。

「要多久時間？」

「等我們查明所有的資料爲止。」

「法官先生，我請您盡量快，而且請盡可能保持低調。」

「爲什麼？」

「我父親的年紀大了，我們的感情一直很好，我不希望他爲我煩心。」

伯特雷用這種意圖打動人心的語氣說話，反教菲爾法官起了反感，因爲這彷彿是鬧劇裡的場景。儘管如此，法官還是說：「今天晚上，最遲明天，我應該可以看出一些眉目。」

*　*　*

這天下午，法官回到修道院的廢墟。他事先已經下令禁止閒雜人等進入廢墟，親自坐鎮指揮，耐心又有條有理地將這片廢墟劃分成好幾個區塊，方便逐一搜索。但是到了這天的搜索行動進入尾聲時，仍無斬獲。法官對前來城堡採訪的大批記者宣布：「各位記者先生，儘管一切線索指向受傷的嫌犯仍躲藏於此處，在我們的掌握之中，但是實際情形並非如此。嫌犯八成是逃脫了，因此我們的搜索範圍將擴大爲城堡之外。」

然而，爲了謹慎起見，法官照例取得警察隊長的同意，在城堡花園裡安排人手監控，並且再次檢查了大小兩處客廳，巡察過整個城堡，蒐集了一切必要的資料，才和助理檢察官一起返回迪耶普。

夜色降臨，小客廳的門緊閉著，祥恩・達瓦的屍體稍早已移到另一個房間裡去，由兩名來自鄰村的婦人負責看守，蕾夢和蘇姍則從旁協助。年輕的伊席鐸・伯特雷在一名鄉鎮警察的貼身監視下，躺在樓下祈禱室裡的長凳上打盹。城堡外面除了警力之外，還有佃農和十多名村民，分別部署在修道院的廢墟和外牆附近。

晚上十一點鐘，這一帶仍靜悄悄的。但是到了十一點十分，城堡的另一側突然傳出一聲槍響。

「提高警覺！」柯維雍隊長吼道：「兩個人——佛西耶和勒卡呂，你們在這裡留守！其他的人立刻趕過去。」

所有的人加快腳步，由左側朝城堡另一頭跑去，他們先是看到黑暗中有個人影一閃而過，接著又聽到了第二聲槍響，一行人往前追過去，幾乎來到了農場邊。當他們追到果園籬笆外的時候，農舍右側突然竄出火光，隨後立刻出現了好幾道火柱。起火點是堆滿稻草的穀倉。

「混蛋傢伙！」柯維雍隊長咒罵：「是他們放的火。弟兄們，趕快追，他們不可能跑遠。」

但是在夜風的助長之下，大火逐漸蔓延到農舍，救火成了當務之急。尤其傑佛爾伯爵親自趕到現場之後，表示將拿出一筆酬勞來感謝大家的奔走，於是大夥兒備加努力想撲滅大火。當火勢終於控制住之後，時間已經是凌晨兩點，要繼續追蹤嫌犯，早就徒勞無用。

「天亮之後，我們再來搜查，」柯維雍隊長說：「他們絕對會留下線索，我們一定可以找到這些人。」

「我樂於知道他們爲什麼要放火，」傑佛爾伯爵說：「我覺得，放火燒乾草堆似乎無甚意義。」

「伯爵先生，請和我來。我來告訴您這把火的作用何在。」

他們一起走到修道院的廢墟。柯維雍隊長開口喊：「勒卡呂？佛西耶？」

其他警察也四處尋找留守的同事，最後，大家終於在小門邊找到這兩個人。他們被人蒙起眼睛五花大綁，嘴裡還塞了布。

當大家七手八腳解開同僚的繩索時，柯維雍隊長說：「伯爵先生，恐怕我們被人當孩子一樣給耍了。」

「這話怎麼說？」

「兩聲槍響和火災都是調虎離山之計，是障眼法。當我們離開廢墟的時候，他們只要綁住我們留守的人手，就可以達成目的了。」

「什麼目的？」

「當然是帶走受傷的嫌犯哪！」

「您該不會當眞這麼想吧？」

「我當然是這麼想！事情再明顯不過了，我十分鐘之前才想到。我眞是個蠢才，竟然沒有早一點發現，否則就可以當場逮住這些人。」

柯維雍隊長氣得猛跺腳。

「眞該死！但是他們從哪裡進來的？怎麼把共犯帶走的？這個受傷的嫌犯又躲在哪裡？這一整天下來，我們翻遍了整片廢墟，不可能還有人躲在草叢裡沒被發現，更何況他還受了傷！這簡直是變魔術！」

柯維雍隊長的驚訝不止於此。第二天黎明，大家走進臨時監禁伊席鐸・伯特雷的祈禱室，發現這個年輕人已經不見蹤影，負責看守的警察坐在椅子上睡著了。他的身邊擺放一瓶水和兩個杯子，其中一個杯子底部有白色的粉末。

經過勘查之後，大家得到幾項結論。首先，伊席鐸・伯特雷摻了迷藥給警衛喝下，接著他爬上離地兩公尺半的窗戶逃了出去。最後一項結論實在有趣，因爲這個年輕人必須磴在守衛背上，才能攀到窗戶的高度。

chapter 2

學生偵探伯特雷

《要聞報》摘要：

昨夜最新消息——德拉特醫師遭人綁票　膽大妄為的綁架事件

在出刊的前一刻，本報接獲一則最新消息。由於這則消息過於駭人聽聞，本報在未能確認其眞實性之前，仍持保留態度。

昨晚，著名的外科名醫德拉特醫師偕同妻女，前往法蘭西劇院觀賞大文豪雨果的名劇《歐那尼》。在第三幕開場的時候——也就是大約十點鐘，有人打開德拉特醫師的包廂門，一名男士在另外兩個男子陪同下走了進來，彎腰對醫師說話。他的聲音恰好夠大，讓醫師夫人也聽見了對話。

「醫師，我手邊有一項棘手任務，如果您能夠協助，我將會十分感激。」

「這位先生，請問您是什麼人？」

「我是警察局的泰薩分局長，我奉命帶您到總局去見帝杜伊總局長。」

「但是……」

「別說話，醫師，請您切勿做出任何動作。這次的行動出了嚴重差錯，因此我們必須保持安靜，不要引起任何人的注意。我相信在演出結束之前，您一定可以回到包廂。」

醫師站起身來，隨著分局長往外走，但是到了演出結束的時候，仍然不見他的蹤影。

焦急的德拉特夫人急忙前去分局查詢。她在分局裡見到了眞正的泰薩分局長，驚駭地發現稍早帶走自己丈夫的是個冒牌警察。

初步調查顯示，醫師坐進一部汽車裡，隨即朝協和廣場的方向駛去。

有關這起令人難以置信的事件，本報將於再版印刷時，提供讀者更詳盡的資訊。

這個故事在乍看之下雖然異乎尋常，但卻是一樁眞實事件。

此外，《要聞報》也很快就刊登出結局，在中午出刊的再版當中，簡短地報導了綁架事件的戲劇性轉折。

故事的結局——一連串假設的開端

今天早晨九點鐘，一輛汽車載著德拉特醫師來到杜瑞街七十八號，放下醫師之後，汽車隨即加速駛離。杜瑞街七十八號正是德拉特醫師的診所，他每天早上都準時前來診所看診。

當本報記者來到診所的時候，德拉特醫師正在與警察總局長會談，但仍然願意接待記者。

德拉特醫師表示：「我只能告訴你們，他們對我相當客氣。這三個人是我見過最風趣的人，不但有禮貌，而且還很健談。這段旅程不算短，因此這點格外重要。」

「這段行程有多久呢？」

「大概有四個小時。」

「目的是什麼呢？」

「他們帶我去治療一名病患，他受了傷，必須立刻進行手術。」

「手術成功嗎？」

「是的，但是術後情況就很難說了。如果病患人在這裡，我隨時可以處理，但是在那個地方，在那樣的條件之下……」

「那個地方的環境很差嗎？」

「簡直是惡劣！病患在一個小旅社的房間裡，幾乎不可能得到應有的照料。」

「那麼，有誰能救得了他？」

「恐怕只有奇蹟……此外，還得靠他過人的體能。」

「關於這位神祕的病患，您能否再透露一些細節？」

「沒辦法了。首先，我發過誓，再者，我收下了一萬法郎的出診費。如果我不保持緘默，他們就會收回這筆費用。」

「不可能吧！您眞的相信嗎？」

「我的確相信。這些人可不是開玩笑的。」

——以上是醫師告訴記者的資訊。

據我們所知，警察局長也還沒能從醫師口中得知手術的細節、病患的狀況，甚或汽車行進的路線。要發掘事實眞相，似乎會是件難事。

撰稿的採訪記者承認自己沒有辦法推敲出事實眞相，但是有些觀察力較爲敏銳的人，立刻把這樁綁架案和前一日發生在安普梅西城堡的案件聯想在一起。所有的報社都在同一天鉅細靡遺地報導安普梅西城堡的案件，顯然失蹤的受傷嫌犯和遭人綁票的外科醫生之間，有某種値得重視的巧合。

檢警的調查果然證實了這項假設。警方追查嫌犯的逃脫路線，發現假扮成司機的嫌犯騎著腳踏車來到十五公里外的阿爾克森林，將腳踏車丟入渠道，然後步行至聖尼古拉村，在那裡發了一封電報到巴黎郵局第四十五支局給Ａ・Ｌ・Ｎ。

電報的內文如下：

傷勢危急，亟需手術治療，請派遣名醫，取程國道十四號公路。

這項證據不容置疑，嫌犯留在巴黎的同夥一收到通知，立刻著手安排。晚上十點鐘，他們取道十四號公路送來名醫，這條公路沿著阿爾克森林的外圍直通往迪耶普。在這段時間裡，這群竊賊縱火救出頭子，將他送至小旅社，待醫師在凌晨兩點左右到達之後，立刻進行手術。

情況的確是如此。巴黎方面特別派遣了葛尼瑪探長和他的助手佛朗方警探來協助調查，他們查獲，在前一天晚上確實有一輛汽車沿途行經朋圖瓦斯、古爾奈、佛兒吉，並且出現在由迪耶普前往安普梅西城堡的路上。雖然車子在距離城堡約莫兩公里處失去行蹤，但是警方仍然在城堡的花園和修道院廢墟之間找到不少腳印。此外，葛尼瑪探長也發現小門的門鎖被人強行撬開。

一切疑點都有了解釋，接下來，只待找出醫師口中的小旅社。葛尼瑪畢竟是個經驗老到、善於搜尋又耐心過人的資深警探，這個行動對他來說，簡直是易如反掌。如果將嫌犯的傷勢列入考量，那麼小旅社必定在安普梅西附近，因此數量自然有限。於是，葛尼瑪探長和柯維雍隊長展開了行動，他們先從方圓五百公尺的範圍開始搜尋，擴大到一千公尺，然後到周圍五千公尺的距離，沒有放過任何一處足以充當小旅社的建築物。但是大家的期待全都落了空，仍然沒發現重傷竊賊的行蹤。

葛尼瑪不但沒有放棄，反而更執著。星期六晚上他留宿城堡裡，打算在星期天繼續私下調查。他在第二天早上得知，就在夜裡，有一小隊警察在圍牆外的凹陷小徑上發現了一個人影。是竊賊的同夥回來打探消息嗎？還是說，這代表這夥人的頭子根本沒有離開修道院，或仍然逗留在修道院附近？

當晚，葛尼瑪大張旗鼓地派遣一隊警察駐守在農場旁，自己則和佛朗方警探留在圍牆外離小門不遠的地方。

接近午夜時分，有個人接近小樹林，從兩人身邊經過，一溜煙地穿過小門走進花園。警探監視了三個小時，這個人在廢墟四周晃來晃去，不時彎腰，或是爬到古舊的石柱上，有時候甚至保持靜止不動。接著，他來到小門門口，再次經過兩名警探的身邊。

葛尼瑪拎住他的領口，佛朗方也上前一把抱住他，這個人沒有抵抗，反而順從無比地讓兩名警探銬住他的雙手帶進城堡裡。當警探審問他的時候，他卻扼要回答自己不需作出任何解釋，寧願等法官來再開口。

於是兩名警探只好將他帶進他們落腳的相連房間裡，牢牢地綑在其中一個房間的床腳上。

星期一早上九點鐘，菲爾法官一踏進城堡，葛尼瑪探長立刻向法官報告前一晚的逮捕行動。他差人把人犯帶過來，法官發現這個人竟是伊席鐸·伯特雷。

「伊席鐸·伯特雷先生！」菲爾法官高興地大聲招呼，而且還向年輕人伸出手相握。「多麼令人愉快的驚喜啊！有這位傑出的業餘偵探來協助我們辦案！眞是出人意料啊！葛尼瑪探長，讓我來爲您介紹伊席鐸·伯特雷先生，他是詹生塞利中學的高年級學生伊席鐸·伯特雷。」

葛尼瑪似乎一時還無法會意。伊席鐸向葛尼瑪深深地一鞠躬，彷彿面對著一名値得尊敬的同僚，接著他轉身對菲爾法官說：「這麼看來，法官先生，關於我，您已經打探到讓您滿意的消息了，是嗎？」

「完全滿意！首先，當聖維隆小姐以爲她在凹陷小徑上看到您的時候，您當時的確是在佛勒斯鎭上。您放心，我們一定會找出這個體型酷似您的人。再者，您的確是品學兼優的高年級模範學生伊席鐸·伯特雷。令尊住在外省，您每個月都會到代理家長波諾德先生家去一趟，他對您可是讚譽有加呢！」

「所以說……」

「所以說，您是自由之身。」

「完全自由嗎？」

「是的。啊，但是我還要提出一個小小的條件。您應當可以了解，如果沒有任何交換條件，我很難縱放一個對警察下了迷藥後爬窗逃走，之後還在私人產業裡遊蕩的人。」

「我洗耳恭聽。」

「這樣，我們繼續上次未完成的問話，由您來告訴我您的調查進度。在這兩天沒人管束的日子裡，想必您已經蒐集到不少資訊了吧？」

葛尼瑪探長不認同法官的作法，打算轉身離開，這時候法官大聲說：「別走，葛尼瑪探長，您得留在這裡，我相信伊席鐸・伯特雷的說法絕對值得參考。根據我得到的消息，伊席鐸・伯特雷在詹生塞利中學享有擅於觀察的好名聲，沒有任何事逃得過他的法眼。而且，他的同學都認爲他與您勢均力敵，把他看作夏洛克・福爾摩斯①的對手呢！」

「是這樣嗎？」葛尼瑪探長語氣中帶著諷刺的意味。

「正是如此。其中還有一名同學對我說：『如果伯特雷說他知道答案，您一定得相信他，他說的絕對都是事實。』伊席鐸・伯特雷先生哪，現在正是證實您同學信賴的好時機，請您把眞相告訴我們吧！」

伊席鐸帶著微笑聽法官說完話，然後回答：「法官先生，您眞無情，拿一群胡鬧的高中生尋開心。但是您是對的，我不會讓您有再次取笑我的機會。」

「這是因爲您一無所知，伊席鐸・伯特雷先生。」

「是的，我虛心承認我的確什麼都不知道。因爲我不覺得『略知一二』就是知道答案，何況您一定也注意到了這些細節。」

「比方說什麼細節？」

「比方說，失竊的物品。」

「啊，這當然！您難道眞的知道失竊了什麼物品？」

「我相信您一定也知道。我來到現場最先就是檢查這件事，因爲這是最簡單的工作。」

「眞的最簡單嗎？」

「那當然，其實只要懂得推理就可以知道答案了。」

「別的都不需要？」

「都不需要。」

「您推理出什麼結果？」

「先不要去考慮多餘的說法，專注在重點上。如此，我們首先注意到的是：**竊案的確發生**，因爲兩位小姐證實她們親眼看見兩個人帶著東西逃跑。」

「好，的確有竊案。」

「另一方面，**沒有東西失竊**，因爲傑佛爾伯爵如此表示，而且他一定比任何人都清楚。」

「沒有東西失竊。」

「根據這兩點，我們可以推斷出一個結果：如果的確有竊案，卻沒有東西失竊，是因爲竊賊用一模一樣的替代品來取代被偷走的目標。我要趕緊補充一句話：只有事實才能證明我的推論。但是我仍然認爲我們必須先朝這個方向查證，除非經過嚴格檢驗後得到否定的答案，否則，我們不能排除這個可能性。」

「的確……的確是這樣。」法官喃喃自語，顯然聽出了興致。

「那麼，」伊席鐸繼續說：「大廳裡有什麼東西會是竊賊垂涎的目標呢？只有兩樣。首先是壁毯，這個可能性不大，因爲沒有人可以仿製出老舊的地毯，任何人都可以立刻分辨眞假。剩下來的，就只有魯本斯的四幅畫作了。」

「您的意思是什麼？」

「我說，牆上那四幅魯本斯的畫作是贗品。」

「不可能！」

「這幾幅畫絕對是贗品。」

「我剛剛說過，這是不可能的事！」

「法官先生，在將近一年前，有一名自稱夏普奈的年輕人來到安普梅西城堡，要求臨摹魯本斯的畫作，得到了傑佛爾伯爵的同意。接下來連續五個月的時間，夏普奈每天從早到晚都待在這間大廳裡工作。牆上的畫作和畫框都是他製作的複製品，用來換走傑佛爾伯爵的舅舅博巴迪亞侯爵留給伯爵的遺物。」

「您有什麼證據？」

「我沒辦法提出證據，假畫就是假畫，我甚至覺得我們根本沒有必要檢驗這四幅畫作。」

菲爾法官和葛尼瑪探長互相對望，絲毫沒有掩飾驚訝的眼神。探長這時已拋下了稍早想要離開大廳的念頭。最後，法官低聲說話了：「我們得聽聽傑佛爾伯爵的看法。」

葛尼瑪表示同意：「的確該聽聽他的意見。」

於是，他們差人去請伯爵到大廳來。

伊席鐸這個年輕學生漂亮出擊！他迫使菲爾法官和葛尼瑪探長這樣的專業人士不得不驗證他的推測，換作任何人，都會以這種表現爲傲。但是伊席鐸似乎並未因此志得意滿，臉上仍然掛著微笑，絲毫沒有諷刺的表情，靜靜地等待傑佛爾伯爵。不久之後，伯爵走進了大廳。

「傑佛爾伯爵，」法官開口說：「經過一番調查之後，我們發現了一個出乎意料之外的可能性，雖然我們抱持保留的態度，但仍必須向您報告。有可能——我要強調，僅止是可能——竊賊的目的是竊取閣下的四幅魯本斯名畫，或我應該說，竊賊想要用四幅贗品取代這四幅畫。這些複製品的來源是一年前來訪的畫家夏普奈。可否請您檢查這四幅畫，然後告訴我們這些畫是否爲眞跡？」

伯爵的表情，似在強忍心中不悅。他先看向伊席鐸，然後望著菲爾法官。伯爵完全不打算靠近畫作檢查，只是簡單地回答：「法官先生，我原來是希望沒有人發現眞相。既然情況逆轉，那麼我可以明白告訴大家：這四幅畫是贗品。」

「這麼說，您早就知道？」

「從一開始就知道了。」

「您爲什麼不說出來？」

「收藏家絕對不會急著說出他的珍藏不是——或者我該說，不再是眞跡。」

「但是，這是唯一找回眞品的方式。」

「還有更好的方法。」

「什麼方法？」

「保持緘默，不要四處張揚，避免驚嚇到竊賊，然後提議買回這些難以脫手的作品。」

「您要怎麼和他們取得聯繫？」

伯爵沒有說話，反而是伊席鐸開口：「透過刊登在報紙上的啓事。《日報》和《早報》上都刊登了這則小啓事：『**敝人願意買回畫作**』。」

伯爵點頭表示伊席鐸所言屬實。年輕的伊席鐸表現優異，再次超越了前輩。

菲爾法官表現出絕佳的風度。「伯特雷先生，我不得不相信您的同學所言不假。您眞是好眼力！洞察力這麼敏銳！再這麼下去，葛尼瑪探長和我都要沒事可做了。」

「喔，其實沒這麼困難。」

「您是說，其他的部分就比較複雜嗎？我記得，在我們初次見面的時候，您似乎就掌握到不少內情。我都想起來了，您當時表示您知道殺人嫌犯是誰，對吧？」

「的確是。」

「那麼，是誰殺害了祥恩・達瓦？嫌犯還活著嗎？他躲在哪裡？」

「法官先生，我們之間恐怕有所誤會。其實正確的說法應當是：您的看法和事實有落差，從一開始就是如此。殺人嫌犯和逃跑的竊賊不是同一個人。」

「您說什麼？」菲爾法官大聲問：「難道和傑佛爾伯爵在小客廳裡打鬥、兩位小姐在大廳裡撞見，隨後又被聖維隆小姐射倒在花園，這個讓我們百尋不獲的男人不是殺害祥恩・達瓦的凶手？」

「不是的。」

「莫非在兩位小姐來到客廳之前，還有另一名嫌犯？您是不是發現了他留下來的線索？」

「不是這樣的。」

「這我就不懂了。殺害祥恩・達瓦的人究竟是誰呢？」

「殺害祥恩・達瓦的人是……」

伊席鐸停了下來，略作思考，才又說：「在說出來之前，我必須先告訴您我如何確認這件事，以及凶殺案發生的原因。如果我不事先解釋，您會認爲我的指控太過荒謬，但是我的推斷絕非虛構。大家都忽略了一個重要的細節：祥恩・達瓦遭到攻擊時還穿著平日的衣服，腳上穿著方便走路的釘鞋；換句話說，和白天的穿著相同。但是，他遇害的時間是凌晨四點鐘。」

「我也注意到了這個奇怪的地方。」法官說：「可是傑佛爾伯爵告訴我，達瓦先生經常在晚上加班工作。」

「但是佣人的說法正好相反，他們表示達瓦先生每天都早早上床睡覺。就算他那天晚上還醒著，那麼他何必翻開被單，讓大家以爲他稍早就上床睡覺了呢？如果他已經就寢，又怎麼會在聽到聲響之後，還會花時間從頭到腳穿好衣服和鞋子，而不是直接穿著睡衣？當天，我利用大家吃午飯的時間去看過他的房間，發現他的拖鞋還放在床腳。他爲什麼不直接套上拖鞋，而要換上厚重的釘鞋？」

「到目前爲止，我還看不出……」

「的確，到目前爲止，除了一些反常之處，您還看不到其他的線索。可是當我知道夏普奈——也就是來臨摹魯本斯畫作的畫家——是由祥恩・達瓦介紹給伯爵認識的時候，這些異乎尋常之處就變得相當可疑了。」

「這又怎麼樣呢？」

「由這個階段往前再進一步，就可以推論到祥恩・達瓦和夏普奈其實是同夥。就在我們談話的時候，我作出了這個推斷。」

「我覺得這個結論下得有些匆促。」

「事實上，我們的確需要物證。我在達瓦的房間裡找到一張吸墨紙，您在上面還可以看到這個地址的印子。這是張吸墨紙，因此您看到的當然是左右相反的字跡：巴黎郵局第四十五支局，A・L・N。我們後來發現那名冒牌司機在第二天從聖尼古拉村發了一封電報到同一處地址：巴黎郵局第四十五支局，A・L・N。我的物證就在這裡，祥恩・達瓦和這群竊賊共謀偷竊名畫。」

菲爾法官未提出任何抗議。

「好，我們確認他是共謀，那麼您從這裡得到什麼結論？」

「首先，殺害祥恩・達瓦的不是受傷逃走的嫌犯，因為他們是共犯。」

「接下來呢？」

「法官先生，您還記不記得傑佛爾伯爵清醒過來之後，說的頭一句話是什麼？根據傑佛爾小姐的證詞，伯爵說的是：『我沒有受傷……達瓦呢？他還活著嗎？刀子呢？』接下來我要請您回想伯爵先生的證詞作為比較，當時傑佛爾伯爵描述自己遭受攻擊：『有個人向我撲了過來，一拳打在我的太陽穴上。』傑佛爾伯爵既然昏了過去，在恢復意識之後，怎麼可能知道達瓦被刀子刺傷？」

伊席鐸・伯特雷沒有等任何人回答，他似乎急著想在旁人發言之前，自己先揭曉答案。

他立刻接著說：「事情的經過應該是這樣的，祥恩・達瓦帶著三名竊賊來到大廳。當他和大家稱為『頭子』的竊賊還留在大廳的時候，小客廳裡突然傳來一個聲響。達瓦拉開門，看到了傑佛爾伯爵，於是拿起刀子靠了過去。傑佛爾伯爵搶下刀子刺向達瓦，自己卻遭到兩位小姐稍後看到的那個年輕人一拳打倒。」

菲爾法官和葛尼瑪探長再度面面相覷。葛尼瑪不知如何是好，搖了搖頭。

法官說：「傑佛爾伯爵，我該不該相信這個說法？」

傑佛爾伯爵沒有回答。

「啊，伯爵先生，您如果不說話，我們就得假設……」

傑佛爾伯爵簡單明瞭地說：「他的說法句句正確。」

菲爾法官嚇了一跳。

「如果是這樣，我不明白您爲什麼要誤導司法單位的調查？爲什麼要隱藏事實？您有權正當防衛的啊！」

「二十年了，」傑佛爾伯爵說：「達瓦一直跟在我的身邊。我全然信任他，他對我的協助實在無可數計。如果他眞的爲了某種我不瞭解的利益或其他原因背叛了我，那麼，看在過去的情份上，我不願意讓別人知道這件事。」

「我明白您不願意，但是您還是應該……」

「菲爾法官，我不同意您的看法。只要沒有任何無辜的人蒙冤，我就有權不去指控同是罪犯的被害者。他已經死了，我認爲這個懲罰已經足夠。」

「但是，既然眞相已揭露在眼前，伯爵先生，您可以說出實情了。」

「好吧。我這裡有兩封信的草稿，是達瓦寫給他同夥的；是在他嚥下最後一口氣沒幾分鐘之後，我從他的皮夾裡翻出來的。」

「他的犯罪動機是什麼？」

「請你們到迪耶普的巴爾街十八號去找一位維迪耶夫人。他在兩年前認識了這個女人，爲了滿足她在金錢上的需索，達瓦才會共謀竊案。」

這麼一來，案情就清清楚楚了。這樁悲劇的內情也越來越明朗化。

傑佛爾伯爵離開之後，菲爾法官說：「我們繼續討論吧！」

「請相信我。」伊席鐸高興地說：「該說的，我幾乎都說出來了。」

「那麼有關那名逃走的嫌犯呢，那個受傷的竊賊？」

「關於這一點，法官先生，您知道的和我一樣多。您親自到修道院附近草地去找過他的行蹤，您知道——」

「是，我知道。但是，他後來被同夥帶走了，我想要知道的是有關小旅社的線索——」

伊席鐸・伯特雷放聲大笑。

「小旅社！根本就沒有什麼小旅社！這是故意要誤導檢警的說法。顯然這個方法不錯，因爲還是奏效了。」

「但是，德拉特醫師明白表示……」

「哈！正是因爲這樣。」伊席鐸大聲說，語調中充滿信心，「德拉特醫師越是信誓旦旦，就越不能相信。想想看，對於這趟行程，德拉特醫師說的都是最含糊的細節！他拒絕說出任何有可能危及病患的資訊，怎麼又會突然間讓大家把焦點放在一間小旅社上呢！錯不了的，他肯定是受了竊賊的指示，才會說出『小旅社』這地點。您可以確定一件事：醫師八成是受到嚴重的威脅，才會照本宣科地說出歹徒的指示。醫師深愛自己的妻女，他明白歹徒的能耐，因此不可能反抗竊賊。所以，他才會在您的質問下提供這個明確的線索。」

「明確到讓我們根本找不到這間小旅社。」

「明確到讓你們拚命去尋找一個根本不存在的小旅社，把你們的注意力從唯一可能藏匿嫌犯的地點轉移開來，打從聖維隆小姐射傷他之後，他就一直沒離開這神祕的藏身之處。他當初就像野獸鑽入巢穴一樣，想辦法把自己藏到這個地點。」

「真是的，他會躲在哪裡呢？」

「在老修道院的廢墟裡。」

「但是廢墟裡根本沒有可以躲藏的地方！只剩下斷垣殘壁而已！」

「他就是躲到那底下去了，法官先生！」伊席鐸喊了出來，「那裡才是你們該搜索的地方！你們只有在廢墟裡才能找出亞森．羅蘋，絕對不會在其他地方。」

「亞森．羅蘋！」菲爾法官跳起身子大喊。

法官喊出這個名字之後，大家都沒吭聲，這段沉默顯得有些嚴肅，羅蘋的名號似乎還縈繞在大家耳邊。大冒險家亞森・羅蘋，竊賊之王亞森・羅蘋……難道他就是那個受傷逃逸卻讓大家這幾日來遍尋不獲的嫌犯？能逮捕亞森・羅蘋、讓羅蘋就範的法官肯定可馬上升官，富貴榮耀加身！

葛尼瑪一動也不動。伊席鐸問他：「葛尼瑪探長，您同意我的看法嗎？」

「當然！」

「您也一直都這麼想，認爲這場竊案是出自亞森・羅蘋之手，不是嗎？」

「我一秒鐘也沒懷疑過！在這樁案子當中可以窺出羅蘋的手法。亞森・羅蘋的作案方式和其他人截然不同，就像不同的臉孔一樣容易辨識，只要張開眼睛就能看得到。」

「您眞的是這麼想的嗎？是嗎？」菲爾法官重複地問。

「您還問我是不是這麼想！」年輕的伊席鐸大聲說：「單是從這個小細節就可以看出端倪。這夥竊賊互相聯絡的名稱縮寫是什麼？『A・L・N・』代表亞森・羅蘋名字（Arsène）的第一個字母，以及姓氏（Lupin）的第一個和最後一個字母。」

「啊！」葛尼瑪說：「您眞是觀察入微。太厲害了，老葛尼瑪只能佩服！」

伊席鐸高興得漲紅了臉，握住葛尼瑪探長向他伸過來的手。接著，三個人走向陽台，看著眼前的修道院廢墟。

菲爾法官輕聲說：「這麼說，他就在那裡……。」

「他在！」伊席鐸以低沉的聲音說：「從他中槍跌倒的那一刻開始，人就一直在那裡。但是，不管就邏輯推論或實際狀況來說，他都不可能躲得過聖維隆小姐和兩名佣人。」

「您有什麼證據？」

「他的共犯提供了證據。事發的那天早上，他的一名共犯假扮成司機，載您來到城堡……」

「爲了取走足以證明身分的帽子。」

「沒錯，但更重要的是走訪現場，親自探查『頭子』的情況。」

「他找到答案了嗎？」

「我認爲應該有，因爲他知道羅蘋躲在哪裡。而且據我推想，他發現頭子的狀況危急，因此在情急中冒失地留下威脅字條：『如果頭子遇害，將對小姐下手。』」

「但是，他的同夥在事後成功地將他帶走了嗎？」

「有什麼時機？您的手下一直沒有離開廢墟。再說，他們能把他帶到哪裡去？最遠也只能帶到幾百公尺之外，因爲羅蘋身受重傷，不可能走遠，如此一來，你們就會找到他們。沒有的，我可以告訴您，他還在這裡。他的朋友不可能將他帶離這個安全的藏身之處。他們趁警方像孩子般跑去救火的時候，把醫師帶來這裡。」

「但是他要怎麼過日子？要活下去總得吃東西，得喝水啊！」

「這我就說不上來了……我不知道。但是我可以發誓，他一定在這裡。他在這裡，因爲他不得不留下來。對這件事，我就像是看得到、摸得著一樣確定。」

伊席鐸伸手指向廢墟，憑空畫出一個圓圈，然後越縮越小，落到一個小點上。在他身邊的法官和探長熱切地尋找，他們俯身看著花園裡的廢墟，因爲和伊席鐸抱持著相同看法而感到情緒高亢。在聽了伊席鐸的一番話之後，兩個人也都爲了這個激勵人心的結論而全身戰慄。沒錯，亞森・羅蘋就在那裡！不管是就理論而言，或是實際上來看，他都一定在這個地方，法官和探長再也沒有懷疑。

然而一想到亞森・羅蘋這位大名鼎鼎的冒險家就這麼躺在廢墟中某個黑暗角落裡，斷絕外援，不但發著燒還筋疲力盡，也讓他們對這個戲劇化轉折產生了異樣強烈的感受。

菲爾法官低聲說：「他會不會……死了呢？」

「如果他死了，」伊席鐸說：「而且他的共犯也確定了這件事，那麼法官大人，您必須特別注意聖維隆小姐的安危，因爲這群人將會以最可怕的手段來報復。」

儘管菲爾法官幾度懇請伊席鐸・伯特雷留下來提供寶貴的協助，但是伊席鐸的假期已經到了最後一天，於是在幾分鐘之後，他便上路前往迪耶普。他會在五點鐘左右抵達巴黎，和其他的同學一樣，在八點鐘踏進詹生塞利中學的校門。

葛尼瑪探長再次仔細搜索安普梅西的廢墟，仍是徒勞無功，隨後，他搭乘夜間快車返回巴黎。他一進到家門，便看到一封快遞郵件。

探長先生：

我利用傍晚時間蒐集了一些額外的資料，相信您也會對這些訊息感興趣。

這一年來，亞森・羅蘋化名艾堤恩・德・佛德伊克斯，住在巴黎。您應當常在社交版面和運動專欄裡看到這個名字。他經常四處旅行，長期在外，自稱在這些時間裡曾經到孟加拉獵老虎，或是到西伯利亞獵青狐。他雖自稱生意人，但無人知道他究竟經營哪一方面的業務。

他目前的聯絡地址在瑪勃夫街三十六號。（我想提醒您，瑪勃夫街離巴黎郵局第四十五支局相當近。）自從四月二十三日起——也就是安普梅西襲擊案發生的前一天，就再也沒有任何人看到這位艾堤恩・德・佛德伊克斯先生。

我要藉此機會感謝探長稍早對我展現的善意，並且致上最誠摯的敬意。

伊席鐸・伯特雷敬上

附註：上述資訊並不太難查到。竊案發生的當天早上，菲爾法官在少數幾名人士面前下令追查帽子的來源，我正好有幸，在假司機還沒來得及換走皮帽之前先檢查過帽子，上面的帽店名稱足以讓我找出購帽者的名字和地址。

第二天早上，葛尼瑪探長親自走訪瑪勃夫街三十六號。在詢問過門房之後，他要求門房爲他打開一樓右側的公寓，但是裡面只剩下壁爐裡的灰燼。原來在四天之前，有兩個人來過，事先燒毀了可能洩漏資訊的文件。臨出門之際，葛尼瑪探長正好遇到送信來給德・佛德伊克斯先生的郵差。當天下午司法單位就扣押了這封信，信件寄自美國，以英文書寫。

敬啓者：

我稍早已回答過您的代理人，謹此再次向您確認。請您在取得傑佛爾伯爵的四幅畫作之後，用約定的方式寄出。其他物件如有得手，也請您一併寄上——雖然我對此仍然表示懷疑。

我因爲臨時有事必須離開，但是我會和這封信件同時抵達巴黎。我將下榻格蘭大飯店。

哈靈頓敬上

葛尼瑪當天即拿著拘捕狀，以藏匿贓物及竊盜共犯的罪名，將美國公民哈靈頓先生帶回。

一個十七歲高中生出乎所有人的意料之外，提供資訊讓警方在二十四小時裡解開這樁竊案的所有謎團。才二十四小時，原來無法解釋的內情全都簡單又明朗了起來。在短短的二十四小時之內，竊盜共犯意圖營救頭子的計畫受到了阻撓，要逮捕受傷垂危的亞森・羅蘋早是十拿九穩，他的黨羽如今潰不成軍，他在巴黎的假身分和住處不再是祕密，而且，警方破天荒首次在羅蘋這項極其狡猾並耗費了長時間策劃的計畫尚未徹底執行之前，就先掌握了消息。

這件事引起民眾的震驚和欽佩，輿論更是沸沸揚揚。盧昂的記者撰寫出一篇精采文章，報導了伊席鐸·伯特雷這名高中生頭一次接受檢警詰問的內容，還特別強調他的配合，以及他迷人純眞的個性和沉穩的自信。葛尼瑪探長和菲爾法官熱切的心情勝過了保留顏面的心態，情不自禁地說出伊席鐸·伯特雷在調查程序中所扮演的角色，讓大眾知道伊席鐸才是破案的關鍵人物，他理當得到大家的讚揚。

民眾的情緒沸騰起來。伊席鐸·伯特雷在轉眼之間成了英雄，著迷的群眾想要探知這位最新焦點人物的種種細節，於是記者在此時便派上了用場。他們蜂擁而上，擠在詹生塞利中學等待通勤生下課走出校門，蒐集有關伯特雷的大小瑣事，得知同學對他的評價，還知道學生們都稱他是福爾摩斯的對手。伯特雷不止一次光憑推理、邏輯分析和報紙上的資訊，就比檢警早一步破解好幾樁錯綜複雜的案子。詹生塞利中學的學子們以向伯特雷提出晦澀難解的問題爲樂，而他冷靜的分析和精準的推斷能力往往讓大家驚嘆，他總是能在最難解的謎團中抽絲剝繭找出答案。在雜貨店老闆喬利斯遭到逮捕之前，他早就預料到那把著名的雨傘能發揮什麼作用；同樣的，他從一開始就推斷出在聖克盧慘案中，門房是唯一的凶嫌。

但是最引人入勝的，是學生之間流傳的一份小冊子。這本署名伯特雷的小冊子總共印了十份，標題是：「**亞森·羅蘋和他的作案手法——何以經典，何以獨樹一格**」，內文充滿英式幽默與法式諷刺。

這本小冊子無疑是一份深入的研究，以生動鮮明之文筆說明怪盜亞森・羅蘋每一件冒險經歷，剖析羅蘋的行事風格、特殊策略，以及羅蘋寫給報社的信件、他的威脅，和通告竊案即將發生的信函。簡單來說，羅蘋運用這些技巧，巧妙地誘導他所鎖定的獵物，讓被害人無法控制自己，心甘情願地跳進羅蘋設下的天羅地網。

這些評論的觀點公正、分析精闢，嘲諷中充滿機智又不失辛辣，使得讀者的好感由羅蘋轉移到伯特雷身上。兩人之間的這場角力鬥爭，伯特雷這名高中生似乎早一步大獲全勝。

儘管如此，在嫉妒心作祟之下，菲爾法官和巴黎的檢調單位似乎對伯特雷的這場勝利抱持保留的態度。的確，這一方面也是因爲司法單位遲遲無法確認哈靈頓先生的眞實身分，或是找出他與羅蘋黨羽勾結的實質證據。哈靈頓始終保持緘默，對於自己是否爲本案的共謀，既不承認也不否認。更何況，檢警在查驗過哈靈頓先生的筆跡之後，仍然沒辦法證實那封遭到攔截的信是出自他的手。唯一能確定的，是這位哈靈頓先生帶著一只行李箱和大把鈔票住進了格蘭大飯店。

另一方面，迪耶普的菲爾法官仍然停留在伯特雷爲他贏來的原點上，絲毫沒有進展。聖維隆小姐在竊案發生前一天看到形似伯特雷的人究竟是誰，到目前依舊成謎。同樣的，魯本斯的四幅畫作至今也仍然下落不明。這四幅名畫究竟在哪裡？此外，竊案發生當晚來運走名畫的汽車是從哪條路徑離開的呢？

檢警在呂勒黑、伊爾維和伊佛多幾個地方均發現汽車經過的證據，同時，這輛車應是大清早於科區的科德貝克上渡船穿越了塞納河。然而經過進一步的仔細調查之後，他們發現這輛汽車並無覆蓋篷頂，車上如果眞的載了四幅畫作，渡船口的員工不可能沒發現。這應該就是載送畫作的同一輛車，但是問題再度浮現：魯本斯的四幅畫究竟到哪裡去了？

菲爾法官面對太多的問題，卻找不到答案。他每天派遣下屬去搜索修道院廢墟，幾乎每隔一天，就會親自參與搜查的行列。但是對這位傑出法官而言，在大肆搜索與發現垂危羅蘋藏身處之間——這還要先假設伯特雷的推論正確——仍存有一道無法跨越的鴻溝。

大家自然而然地再次向伊席鐸．伯特雷求助，因爲只有他一度成功地在黑暗中尋出線索，沒有了他，竊案的謎團越來越撲朔迷離。他爲什麼不繼續調查這個案件呢？以他之前的表現來看，只要再稍加努力，應該就能破案。

《要聞報》的記者假借代理家長波諾德的名義，潛進詹生塞利中學，對伯特雷提出這個問題。對此，伊席鐸明智地回答：「親愛的記者先生，世界上不是只有羅蘋，也不是只有竊賊與偵探的鬥法，眼前就有一道現實問題，叫做高中畢業會考。我將在七月參加考試，而現在呢，已經是五月啦。我可不想考差了，果眞如此，我父親會作何感想呢？」

「但是如果您能將亞森．羅蘋繩之以法，他又會有什麼表示呢？」

「呃，這個啊！做任何事都有時機的，下次放假的時候……」

「您是說聖靈降臨節②嗎？」

「是的。我會在六月六日星期六的早上，搭乘第一班列車到迪耶普去。」

「然後，亞森・羅蘋會在星期六晚上就捕。」

「可以寬限到星期天嗎？」伯特雷笑著問。

「爲什麼要拖延？」記者問話的語氣非常嚴肅。

儘管實際上證明伯特雷對案情進展的幫助尚且有限，但是所有的人都信任這個年輕人，這種難以解釋的信賴感才剛建立不久，卻已經堅不可摧。不管如何，大家就是相信他！對他來說，世上似乎沒有難事！他們對他滿懷期待，希望他能透過判斷和直覺、經驗和技巧帶來奇蹟。六月六日！所有的報紙都披露出這個日期。伊席鐸・伯特雷會在六月六日搭乘快車來到迪耶普，而當晚，亞森・羅蘋就會落網。

「要是他在那天之前先想辦法逃脫……」一些僅存的怪盜羅蘋支持者表示抗議。

「不可能！所有的出口都有人看守。」

「也許他傷勢惡化，先死了也不一定……」這些支持者寧願看到心目中的英雄死去，也不希望他被活逮。

這個說法立刻招來反駁的言論：「算了吧，如果羅蘋死了，他的黨羽不可能不知道，這麼一來，他們會爲他復仇。這可是伯特雷親口說的。」

六月六日這天，六、七名記者在巴黎的聖拉薩車站守候伊席鐸，其中有兩名記者想要陪伴他一起走，但是他要求他們打消這個念頭。

於是，他單獨成行。他所搭乘的車廂沒有別人，伊席鐸由於連續好幾天熬夜讀書，所以立刻沉沉地睡去。在半睡半醒之間，他依稀感覺到火車停靠了幾個車站，有別的旅客上上下下。當他醒過來看到盧昂的時候，車廂裡仍只有他一個人。但是，有人在他對面座椅的灰色布椅背上釘了一張大大的紙，上面寫著：「切勿多管閒事，否則後果自負。」

「好極了！」伊席鐸摩拳擦掌地說：「這下對手落了下風，這個威脅和假司機的作法一樣愚蠢，看得出根本不是羅蘋的手法。」

火車駛進隧道，一出了隧道，就將到達諾曼第的古老城市。火車進站之後，伊席鐸下車在月台上來回走了兩三趟，稍微舒展一下雙腿。他正打算返回車廂之時，突然驚訝地喊出聲來。在經過報攤的時候，他不過隨意地瞄了一眼，竟然看到《盧昂日報》特刊上頭版的幾行字，這則新聞讓他嚇了一跳。

最新消息：本報接獲迪耶普的來電，指出昨晚有歹徒侵入安普梅西城堡。歹徒綑綁住傑佛爾小姐並塞住她的嘴巴，劫走了聖維隆小姐。警方在城堡五百公尺外發現血跡以及沾了血跡的圍巾，警方有理由相信這位可憐的少女已經慘遭殺害。

在駛向迪耶普的這段旅程中，伊席鐸．伯特雷一動也沒動；他彎著腰，架著雙肘撐住膝蓋，雙手抱頭沉思。他在迪耶普租車前往安普梅西，一踏入城堡就見到菲爾法官，後者證實了那起可怕的新聞。

「您沒有進一步的資訊嗎？」伯特雷問。

「沒有，我才剛到。」

就在這時候，警察隊長靠了過來，遞給菲爾法官一張泛黃又揉皺的破紙條。隊長在發現圍巾不遠的地方找到了這張紙條。菲爾法官仔細檢查紙條，接著再遞給伯特雷，並且對他說：「這張紙條對我們的搜索行動恐怕沒什麼幫助。」

伊席鐸翻來覆去地檢查紙條。這張紙上寫著一些數字，還畫了些圖形。（見下圖）

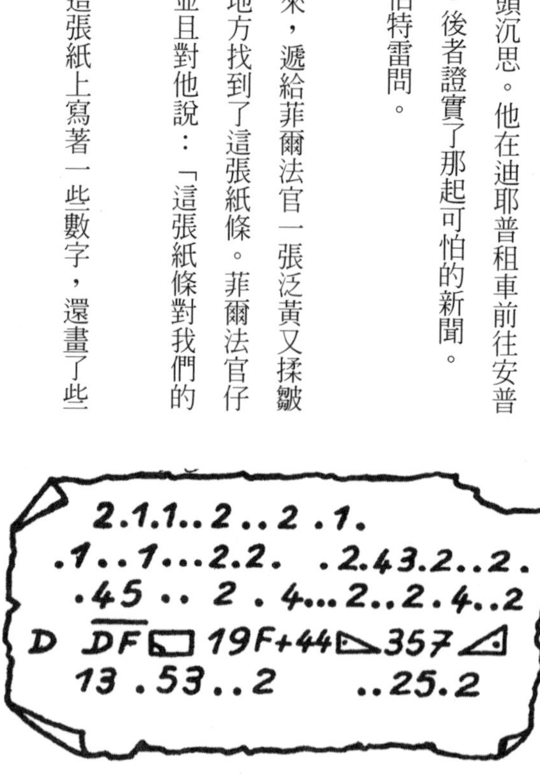

譯註：

①盧布朗將 Sherlock Holmes 改為 Herlock Sholmès，大眾皆知他影射的是柯南．道爾筆下的神探福爾摩斯，故此文中直接將名字改為夏洛克．福爾摩斯——而非依原文的福洛克．夏爾摩斯。

②復活節後滿七星期之隔日，另一種計算法是復活節後的第五十天。

chapter 3 屍體

傍晚六點左右，菲爾法官結束了他在安普梅西城堡的調查，由書記官布雷杜陪同，等待汽車來接他們回迪耶普。法官的神情焦躁不寧，兩度開口問：「您沒看到伯特雷那個年輕人嗎？」

「眞的沒有，法官先生。」

「他究竟跑到哪裡去了呢？一整天都沒看到人！」

他突然冒出了個想法，於是把公事包交給布雷杜，繞過城堡，朝廢墟跑過去。

伊席鐸現身大拱廊旁，平趴在鋪滿松針的地上，曲起一隻手枕在臉孔下方，彷彿正打瞌睡。

「怎麼著！年輕人，您在做什麼？難不成是在睡覺？」

「我不是在睡覺，是在思考。」

「如果想思考，就要先張開眼睛觀察，研究證據，尋覓線索，從中找出研判案情的基準點。之後，才能透過沉思來組織這些資訊，揭出眞相。」

「沒錯，我曉得，這是最常見的方式，應該也是最好的方法。但是我呢，我還有另一個奇招，就是先思考，先盡力釐清案件的整體概念——我姑且稱之爲『整體概念』。接著，我由這個概念出發，開始設想合理又合邏輯的假設。之後，我才會去檢視事實是否與自己的假設相符。」

「這個方法不但奇怪，還很複雜。」

「但是這個方法穩當又可靠，菲爾法官，您的方法則不然。」

「算了吧，事實就是事實。」

「如果對手是尋常人等，的確如此。但是對於狡猾的敵手來說，我們看到的是經過篩選的事實。以您拿來當作調查基準的線索來說好了，根本全都經過了他的精心安排。亞森・羅蘋縝密的策畫會誤導您朝錯誤方向前進，然後得到荒謬的結論！連福爾摩斯都中過他的計。」

「亞森・羅蘋已經死了！」

「就算他死了，他的黨羽也還在，羅蘋調教出來的弟子絕對也是好手。」

菲爾法官抓著伊席鐸的手臂，拉他站起身來，然後說：「年輕人哪，不要光說不練。我有重要的事情要告訴您。葛尼瑪在巴黎有事纏身，但是再幾天就會過來。此外，傑佛爾伯爵發了封電報給夏洛克・福爾摩斯，這位名偵探答應在下個星期到這裡協助調查。年輕人，難道您不想在這兩位名人來到此地的那一天，抬頭挺胸地對他們說這樣一句話？『兩位，眞是太可惜了，但是我們實在無法久候。我們已經先破案了。』」

菲爾法官十分技巧地承認自己的無助。伊席鐸忍住笑意，假裝上了法官的當，問道：「法官先生，我要承認，我之所以沒有參加您剛才的調查，是因爲希望您會把結果告訴我。請您告訴我，您有什麼收穫呢？」

「是這樣的，昨天晚上十一點鐘的時候，柯維雍隊長派在城堡留守的三名警員接到隊長的通知，要他們立刻前往駐紮地烏維爾報到。這三個人立刻騎馬到烏維爾去，結果他們一到——」

「就發現自己中了計，這紙命令是假造的，只好再返回安普梅西。」

「的確如此。柯維雍隊長和他們一道回來，但就在他們離開的一個半小時之間，歹徒從容犯案。」

「他們怎麼作案？」

「用最簡單的方法，他們從農場拿來一把梯子，靠在城堡的三樓，劃開玻璃，打開了一扇窗戶。兩個男人帶著一盞光線微弱的提燈進到傑佛爾小姐的房間裡，她還來不及呼救，歹徒就先塞住了她的嘴巴，隨後才用繩子綑住她。接著，他們躡手躡腳地拉開聖維隆小姐的房門。傑佛爾小姐聽到悶聲呻吟和掙扎的聲音，約莫一分鐘之後，她看到兩名歹徒帶著同樣被塞住嘴巴、綑住手腳的表姊，從她面前經過，爬出窗戶離開。隨後，傑佛爾小姐因爲驚嚇過度，所以昏了過去。」

「狗呢？我記得傑佛爾伯爵買了兩隻兇狠的大狗，不是嗎？」

「兩隻狗都被毒死了。」

「但是，會是誰下的毒？沒人有辦法靠近那兩隻狗。」

「這就是令人費解的地方！兩名歹徒毫無困難地穿過修道院廢墟，然後從那扇我們如今再熟悉不過的小門溜出去。他們穿過矮樹叢，繞過廢棄的採石場，一直到距離城堡五百公尺之外的地方，在一棵老橡樹下停住腳步，然後執行他們此行的目的。」

「如果他們的目的是殺害聖維隆小姐，爲什麼不直接在她的房間裡下手？」

「這我就不知道了，也許在離開城堡之後另外有情況發生，他們才決定動手，又或許聖維隆小姐掙脫繩索也不一定。依我看，歹徒可能拿圍巾綑綁她的雙手。不管怎麼說，我所蒐集到的資料明白顯示歹徒動手的位置就在老橡樹下——」

「但是，屍體在哪裡呢？」

「屍體還沒有找到，但是這一點也不令我們驚訝。事實上，我們循線追蹤到了瓦宏吉村的教堂，然後來到懸崖頂上的古老墓園。那是一處斷崖，垂直高度超過一百公尺，底下是岩石和大海。再過個一兩天，大潮就會把屍體沖回沙灘上。」

「顯然如此，眞是太簡單了。」

「是的，不但簡單，而且不難接受。羅蘋死了，他的同夥知道這件事之後，按照先前的字條所言前來爲他復仇，殺害了聖維隆小姐。這些事實根本不需要查證，但是，羅蘋呢？」

「羅蘋？」

「沒錯，羅蘋最後怎麼了呢？最有可能的，是他的黨羽在帶走聖維隆小姐的同時也帶走了頭子的屍體，但是我們有證據嗎？什麼都沒有。對於他這段時間有否藏匿在廢墟，他究竟是生是死，我們全無證據。親愛的伯特雷，這眞是疑點重重哪！蕾夢小姐遭到謀害並沒有釐清這些問題，反而讓情況更加複雜。在這兩個月當中，安普梅西城堡裡發生了什麼事？兩位名偵探馬上就要到城堡開始調查，如果我們沒來得及解開這個謎，會被他們瞧不起的。」

「他們什麼時候會到？」

「星期三，也可能在星期二……」

伯特雷盤算了一下，然後說：「法官先生，今天是星期六。我得在星期一晚上回到學校。這樣吧，如果您可以在星期一早上十點鐘來城堡一趟，我會盡全力，在那個時候把謎底告訴您。」

「眞的嗎，伯特雷先生，您是這麼想的嗎？您確定嗎？」

「至少，這是我的希望。」

「那麼您現在要去哪裡？」

「我要去看看事實能否和在我心裡逐漸成形的整體概念兩相吻合。」

「如果不相符呢？」

「如果眞是如此，法官先生，那麼事實一定有誤，」伯特雷笑著說：「我會試著去找出比較可以掌握的證據。我們星期一再見囉？」

「星期一見。」

幾分鐘之後，菲爾法官搭車前往迪耶普，伊席鐸則跳上向傑佛爾伯爵借來的腳踏車，騎向伊爾維和科德貝克。

在找出確切的結論之前，年輕的伊席鐸急著想查清楚一件事，他認爲此項疑點是這夥竊賊的唯一弱點。魯本斯的四幅畫作體積不小，不可能憑空消失，這些畫一定存放在某個地方。就算他一時間沒辦法立刻找出這四幅畫，至少也可以找出運送的路徑或是最後出現的地點。

伯特雷的假設是：的確有一輛汽車運走了畫，但是在到達科德貝克之前，就把四幅畫卸到另一輛汽車，再由這第二輛車載運畫作，在塞納河的上游或下游處渡河。從科德貝克往塞納河下游方向走，第一個碰到的渡口是奇勃夫，這裡往來交通繁忙，顯然較危險；往上游方向的下一個渡口是麥爾黑，這個市鎮規模不小，但是位置偏遠。

午夜前後，伊席鐸沿途搜索了七十二公里，終於來到麥爾黑。他看到河岸有一間小旅社，前去敲門入住，並且在第二天一大早就去找渡船口的員工詢問。渡口人員翻閱了旅客名冊，但是，在四月二十三日星期四這天，並沒有任何汽車渡河的資料。

「那麼有馬車嗎？」伯特雷換個角度問：「還是運貨車或篷車？」

「都沒有。」

伊席鐸花了一個早上的時間調查。他正打算到奇勃夫去的時候，小旅社的侍者對他說：「那天早上，我剛好結束十三天的訓練課程回到旅館來，我看到了一輛運貨車，但是這輛車沒有渡河。」

「眞的嗎？」

「是的，他們把貨物卸在一艘停在碼頭的平底船——就是大家所謂的接駁船上。」

「這輛運貨車是從哪裡來的？」

「啊，這我知道，那輛車的車主是瓦堤奈老闆。」

「他住在什麼地方？」

「在魯福多的一棟農舍。」

伯特雷查看手上的軍用地圖，魯福多這處農舍的位置，就在由伊佛多通往科德貝克之路和一條小路的交叉口上。這條小路蜿蜒穿過樹林，直通麥爾黑！

直到傍晚六點鐘，伊席鐸才在一間小酒館裡找到馬堤奈老闆。馬堤奈老闆是那種狡猾的老諾曼第人，永遠保持戒心，完全不相信陌生人。但是在金錢的誘惑下，加上幾杯酒下肚，他開始侃侃而談。

「沒錯啊，這位先生，那幾個開汽車的人和我約好，那天早上五點鐘在路口碰面。他們交給我四件這麼大的東西，其中一個人還陪我走，一起把東西運上了平底接駁船。」

「聽您說起這些人的語氣，似乎早就認識他們了是嗎？」

「我應該要認得他們的！那是我第六次替他們運貨了。」

伊席鐸吃了一驚。

「您說是第六次？從什麼時候開始的？」

「怎麼著，就在那次之前，每天都運哪！我運其他的東西，有大塊的石頭，也有些小一點、包裝好的長條形物品。看他們搬運的方式，好像把這些東西當成聖物。嘿！碰都碰不得呢！您怎麼了，臉色怎麼突然變得這麼蒼白？」

「沒事……天氣太熱了……」

伯特雷蹣跚地步出小酒館，這個意外的發現讓他高興得頭重腳輕。

他沒有聲張，靜靜地回到瓦宏吉村過夜。第二天早上，他和一名學校老師在村政廳待了一個小時，隨後才返回安普梅西。到了城堡之後，他看到有人寄了封信到此，請傑佛爾伯爵轉交給他。

信件的內容如下：「第二次警告。閉嘴，否則……」

「這麼看來，」他低聲說：「我得採取行動多注意自己的安全。否則，就像他們說的……」

時間是早上九點，他先在廢墟附近散步，接著閉上眼睛，在拱廊附近躺下。

「年輕人，如何啊，搜索行動有沒有斬獲？」

問話的是菲爾法官，他果然依約按時來到城堡。

「見到您真好，法官先生。」

「這話是什麼意思？」

「這表示儘管我收到一封不太友善的信件，還是準備要履行承諾。」

他把信件遞給法官過目。

「哼！胡說八道！」菲爾法官大聲斥喝。「這該不會妨礙您——」

「把我所知道的事告訴您嗎？不會的，法官先生。我既然答應了您，就一定做到。十分鐘之內，我們就會知道……部分的實情。」

「部分？」

「是的。就我來看，問題不僅止於羅蘋的藏身之處，整件事還有後續的發展。」

「伯特雷先生，您的任何言行都不會再讓我感到驚訝了。只是，您是怎麼發現的？」

「喔，自然而然就發現了。在那封哈靈頓先生寄給艾堤恩・德・佛德伊克斯——應該說是羅蘋的信裡……」

「您說的是那封被攔截下來的信嗎？」

「是的，裡面有一句話讓我百思不解。信裡寫著：『其他物件如有得手，也請您一併寄上——雖然我對此仍然表示懷疑。』」

「的確是這麼寫的，我還記得。」

「其他什麼東西呢？是藝術作品還是珍奇古玩？城堡裡除了魯本斯的名畫和幾張壁毯之外，不見其他有價值的東西。會是珠寶嗎？城堡裡的珠寶不多，價值也不高。那麼，還有什麼東西呢？此外，像羅蘋這樣足智多謀的人，既然提議了『其他物件』給買主，怎麼可能會失手？這個行動一定很艱難，甚至可以說是極難得手，但是，只要羅蘋看準了想要拿，就沒有不可能的任務。」

「但是他還是失敗了，因爲沒有東西失竊。」

「他沒有失手，的確有東西被偷走了。」

「有，魯本斯的畫作……但是……」

「魯本斯的名畫，還有其他東西——這幫人用複製品取代了眞品，作法和竊取魯本斯的作品如出一轍。但是這些東西一定更獨特、更稀有，甚至比魯本斯的畫還要珍貴。」

「說了半天，會是什麼東西？您快別吊我胃口了。」

兩個人邊說話邊穿過廢墟，沿著小教堂朝小門的方向前進。

伯特雷停下腳步。

「法官先生，您眞的想要知道嗎？」

「那當然！」

伯特雷手上有一支全新的木頭枴杖，相當牢靠。他突然揮動枴杖敲碎了裝飾在小教堂門上的雕像。

「您瘋了嗎？」菲爾法官不禁放聲大喊，急忙上前檢查雕像的碎片。「您眞是瘋了！這尊古老的聖人雕像是件傑作——」

「傑作！」伊席鐸重複法官的話，一邊動手打掉一尊聖母瑪利亞的雕像。

菲爾法官伸手抱住伊席鐸。

「年輕人，我不能讓您繼續——」

從東方來朝拜聖子耶穌的三王接著倒地，接著是馬槽和小耶穌……

「再動手我就開槍了！」

傑佛爾伯爵突然出現，手上還握著左輪手槍。

伯特雷放聲大笑。「朝這裡開槍吧，伯爵先生，開槍啊！就當作在遊樂場玩射擊遊戲吧！來，瞄準這個抱頭沉思的傢伙。」

聖若翰雕像碎了開來。

「啊！」伯爵比劃手上的槍，大喊著：「匪類！這些都是傑作啊！」

「伯爵先生，這都是贗品！」

「什麼？您說什麼？」菲爾法官大聲咆哮，沒忘記要搶下伯爵手上的武器。

「贗品，用石膏和紙糊出來的！」

「啊？這……怎麼可能？」

「是混凝紙空心模！一文不值！」

伯爵彎腰撿起雕像的碎片。

「伯爵先生，您仔細瞧瞧，這些石膏上了色，還泛綠發霉，做成古老石雕的樣子。但是，這還是石膏，全是模子而已。他們只花去幾天的時間，就把這些傑作調了包，您看，現在也只剩下碎片了！這些都是來臨摹魯本斯畫作的夏普奈在一年前的傑作。」

這回輪到伯特雷拉住菲爾法官的手了。

「您有什麼看法呢，法官先生？這些東西很漂亮、很驚人是嗎？但是整座小教堂早被搬空了！一磚一瓦地搬走了整座哥德式教堂！所有的雕像都被搬走了，用這些贗品來掉包！無可替代的藝術珍品被偷得一乾二淨！簡單來說，小教堂被偷光了！難以置信，對吧？法官先生，這個怪盜眞是天才啊！」

「您太激動了，伯特雷先生。」

「碰到這種怪盜，怎麼會不激動！所有超越尋常尺度的手法都值得敬佩，而羅蘋甚至凌駕其上。這樁竊案經過了縝密的策劃，不但氣魄非凡、格局巧妙，而且還從容不迫，讓我激動到打起哆嗦！」

「可惜他死了，」菲爾法官帶著冷笑說：「否則不是連巴黎聖母院的塔樓都給偷了嗎？」

伊席鐸聳聳肩。「別笑，法官先生，就算他死了，還是能興風作浪。」

「我可沒說啊，伯特雷先生。我承認，現在我們就要找到他的屍體，我還眞的有點興奮呢，當然，除非他的手下早一步移走了他的屍體。」

「我們還得確定，」傑佛爾伯爵說：「當初被我可憐外甥女射傷的人眞的是羅蘋。」

「伯爵先生，的確是他，」伯特雷確定地說：「被聖維隆小姐開槍擊中之後倒在廢墟裡的人是羅蘋；聖維隆小姐所看到的，那名爬起身又跌倒，最後拖著身子到大拱廊附近最後一次站起身來——我稍後會向兩位解釋這個奇蹟似的舉動究竟是如何發生的，然後走向石塊堆之間的藏身之處，或者該說是葬身之處——的人，也是羅蘋。」

伯特雷用手上木杖敲打小教堂的門檻。

「啊？您說什麼？」菲爾法官嚇了一跳，「他的葬身之處？您認爲找不到入口的藏身處——」

「就在這裡，這裡！」伯特雷重複地說。

「但是我們搜遍了整個廢墟。」

「方法不對。」

「根本就沒有可以藏身的地方，」傑佛爾伯爵出聲抗議，「我太清楚這座小教堂了。」

「有，伯爵先生，眞的有個可以藏匿的地點。您可以到瓦宏吉村的村政廳去查詢，所有從前安普梅西教區的文件資料都存放在那裡。您會在那些十九世紀的文件當中查到，這座小教堂底下還藏著另一座地下小教堂。地下教堂的年代可追溯至羅馬年代建造的教堂，現在的這座小教堂，就是蓋在羅馬教堂的原址之上。」

「但是羅蘋怎麼會知道這些細節？」菲爾法官問道。

「這再簡單不過了。他在盜走小教堂的時候發現了這件事。」

「呃，伯特雷先生，您這個說法未免太誇張了。他並沒有盜走整座小教堂，您瞧，這些石塊都還完好無缺。」

「他顯然只用模子換走了那些有價值的藝術品，經過雕刻的石塊、雕像，以及寶貴的小石柱和精雕細琢的拱頂。他沒把時間花在教堂的建築結構上，架構是留下來了沒錯。」

「所以說，伯特雷先生啊，羅蘋應該沒有進到地下教堂裡。」

就在這個時候，稍早去叫僕人的傑佛爾伯爵拿著鑰匙回到小教堂，他打開門鎖，三個人一起進去裡面檢查。

一會兒之後，伯特雷說：「不出所料，地上的石板還是原來的樣子，但是祭壇明顯是用模子做的複製品。一般來說，通往地下教堂的樓梯開口處會在祭壇的前方，然後從祭壇下方經過。」

「您作何結論？」

「我認爲羅蘋應該是在搬走祭壇的時候，發現了地下教堂的出入口。」

伯爵派人拿了一把十字鎬過來，伯特雷敲向祭壇，石膏碎片四散紛飛。

「哎！」菲爾法官低聲說：「我眞想趕快知道——」

伯特雷說：「我也是。」他焦急得臉色發白。

伯特雷加快了動作，他手中的十字鎬本來一直沒碰到阻力，這時卻忽然敲到某個堅硬的物體然後反彈了起來。他們聽到一聲塌落的聲響，所剩無幾的假祭壇隨著十字鎬敲中的石塊整個掉落到底下的空間裡。伯特雷彎腰往下探看。他點燃一根火柴，在地下教堂的開口處左右移動。

「階梯開口的位置比我想像的更前面，就在小教堂門邊的石板下。我從這裡可以看到最後幾級階梯。」

「下面很深嗎？」

「大概有三、四公尺吧。每一級階梯都很高，而且還缺了好幾階。」

「不太可能，」菲爾法官說：「羅蘋的黨羽趁三名警員離開城堡時，在短短時間裡劫走了聖維隆小姐，怎麼可能還有時間移走地下洞穴裡的屍體呢？況且，他們爲什麼要移動屍體？不，我覺得羅蘋還在這裡。」

伯特雷把僕人搬來的梯子拿進洞口試探，想在落到地下教堂的瓦礫堆之間架起梯子。接著，他緊緊握住梯子，說：「您要下去嗎，菲爾法官？」

法官拿起蠟燭冒險爬了下去，傑佛爾伯爵跟在他身後，接著才輪到伯特雷踩在第一級梯子上。

伯特雷下意識地數著，梯子共有十八級，然而他的眼睛仔細觀察一片陰暗的地下教堂，燭光在裡面顯得十分微弱。他踩到地面，一股濃烈又令人反胃的臭味撲鼻而來，腐臭氣味絕對會縈繞在記憶裡久久難以消散。這個味道！伯特雷忍不住作嘔……

突然間，一隻顫抖的手抓住了他的肩膀。

「怎麼樣，有什麼東西？」

「伯特雷……」菲爾法官結結巴巴地說話。他太過驚嚇，幾乎無法言語。

「法官先生，您先鎮定下來——」

「伯特雷……他在……那裡……」

「什麼？」

「對……從祭壇上落下來的大石塊下有個東西……我推開石塊……我摸到……這輩子都忘不掉……」

「在哪裡？」

「站過來這邊。您沒聞到嗎？……來，拿去……您過來看看……」

伯特雷接下蠟燭，照向地上那件毫無動靜的物體。

「啊！」伯特雷驚恐地失聲大喊。

三個人立刻彎下腰去看。這具消瘦的半裸屍體讓人怵目驚心，破損的衣物下露出軟蠟般泛綠的皮肉。但是最可怕的是屍體的頭部，年輕的伯特雷一看到就嚇得叫了出來。屍體的頭部被一塊大石頭砸爛變形，只見一片血肉模糊，根本無法辨識相貌。

當三人的眼睛適應了昏暗光線之後，他們發現屍身上爬滿了蠕動的蛆……

伯特雷三步併作兩步爬上梯子，衝進陽光下呼吸新鮮的空氣。菲爾法官出來之後，看到伯特雷再次掩著臉平趴在地上。

法官對伯特雷說：「我要向您致意，伯特雷。除了找到了這個藏匿位置之外，我還證實了您另外兩項推論。正如同您一開始所說的，聖維隆小姐射傷的人果然是亞森・羅蘋。此外，他的確化名為艾堤恩・德・佛德伊克斯，住在巴黎。我在他的衣服上找到E. V.這個姓名縮寫。我認為證據確鑿，您說是嗎？」

伊席鐸一動也不動。

「伯爵先生已經去找僕人通報相關單位了，裘耶醫師會過來做例行檢驗。據我看，死亡至少已經有八天時間，屍體腐化的狀況……您沒在聽我說話？」

「有，我有。」

「我所說的話，都有絕對的事實根據。所以，例如……」

儘管伯特雷沒有熱切聆聽，菲爾法官依然繼續說了好一會兒。一直到傑佛爾伯爵回到廢墟，才打斷他的演說。

伯爵帶了兩封信回來，其中一封寫著夏洛克・福爾摩斯將在隔天抵達。

「好極了！」菲爾法官高興地大聲說：「葛尼瑪也會到，這簡直是太好了。」

伯爵說：「第二封信是給您的。」

「漸入佳境了，」菲爾法官讀了信之後說：「看來，葛尼瑪和福爾摩斯兩位先生沒太多事可做了。伯特雷先生，迪耶普方面捎來消息，今天早上，有幾個捕蝦漁夫在岩石上發現了一具年輕女性的屍體。」

伯特雷震驚地說：「您說什麼？屍體——」

「年輕女性的屍體。這具屍體毀損程度相當嚴重，據悉難以辨認身分，唯一可以辨識的特徵，是屍體的右手上，有一條已經陷入浮腫皮膚裡的細金鍊。而聖維隆小姐的右手上的確戴著一條金鍊；因此，海浪捲上來的屍體，應該就是伯爵不幸的外甥女。您有什麼看法嗎，伯特雷先生？」

「沒有……沒有，只是……您也看到了，的確是環環相扣，我的論點到此也完整無缺。這些證據不管有多麼矛盾、多麼難解，仍然一一出現，證實了我打從頭就認定的假設。」

「我不太懂您的意思。」

「您很快就會懂了。您還記得嗎，我答應過您，要說出完整的事實。」

「但是我覺得——」

「耐心點，到目前爲止，我一直沒讓您失望。今天天氣不錯，您先去散散步，到城堡裡去用午餐，然後抽抽您的菸斗。我大概會在四、五點鐘的時候回來。至於學校呢，算了，我搭夜車回去好了。」

他們走到了城堡後方的車庫，伯特雷跳上腳踏車，騎車離開。

到了迪耶普之後，他先到當地報社《瞭望報》的辦公室裡去查閱過去半個月的報紙。接著他來到十公里外安維莫這個地方的村鎮中心，拜訪了安維莫的村長、教區神父以及當地警察隊。直到下午三點鐘教堂鐘聲響起，他才結束訪談的行程。

他高興地哼著歌騎車回城堡，雙腳有力地輪流踩著踏板，挺著胸膛迎向拂面而來的海風。偶爾，當他想到自己追尋的目標和即將到手的勝利，還會忘情地朝著藍天高聲歡呼。

他看見安普梅西城堡就在不遠的前方，於是縱情地快速衝下這段斜坡，路邊成排的樹木似乎先跑著迎向他來，然後才落到他的身後。突然間，他出聲驚叫。在毫無防備之下，他看到路邊左右兩側的樹木之間綁著一條繩索，懸空橫過路面。

腳踏車撞到繩子立刻停了下來，而伯特雷整個人往前暴衝而去。在這個時候他覺得，恐怕只有奇蹟發生，他才不至於撞到石頭堆，跌得頭破血流。

他先楞了好幾秒鐘，接著才反應過來，不顧全身的瘀傷和破了皮的膝蓋，開始檢查現場。他的右手邊有一片小樹林，毫無疑問的，設下陷阱的人必定是逃進了這片樹林。伯特雷解開繩索，發現用來固定繩索左側的樹上吊著一張小紙條。他打開紙條，看到上面寫著：「這是第三次，也是最後一次警告。」

他回到城堡之後，問了僕人幾個問題，隨後來到一樓右翼末端的房間裡去找菲爾法官，法官通常會在這個地方工作。法官正在寫字，他的書記官本來坐在他面前，看到法官的手勢，便起身離房。

法官驚呼：「您怎麼了，伯特雷先生？您的手在流血！」

「沒事，沒事，」年輕的伯特雷回答：「我騎腳踏車的時候被一條綁住的繩子絆倒了。我想請您注意一件事：繩子是從城堡取得的。不到二十分鐘之前，這條繩子還掛在外面當曬衣繩。」

「怎麼可能？」

「法官先生，有人在這個地方監視我，就在城堡裡！這個人看得到我，聽到我說的每一句話，無時不刻地觀察我的行動，想洞悉我的意圖。」

「眞是這樣嗎？」

「我有絕對的把握，您該去找出這個人，不會太困難的。至於我呢，我要結束調查，把稍早我曾應允過的答案爲您說個明白。我們的敵人沒料到我這麼快就有了進展，我相信他們一定會有強硬的反擊。他們將撒在我身邊的網越收越緊，我感覺得到，危險近在咫尺。」

「您想太多了，伯特雷——」

「哈！我們走著瞧！但是我們現在得加快速度。首先，我想要立刻釐清一項疑點：您有沒有對任何人提過那張被柯維雍隊長撿到，然後在我面前交給您的那張紙條？」

「沒有，沒有別人知道。但是，您認爲這有什麼特殊的重要性嗎？」

「非常重要。我有個想法，我承認，現在還只是個想法，沒有確切的證據……因爲，到目前爲止，我還沒辦法解讀這張紙條。還有，我現在提起這件事，是爲了不必在以後重提。」

伯特雷伸手蓋住菲爾法官的手，彎下腰來壓低聲音說：「先別說話，有人在竊聽……在外面——」

外面的碎石步道上突然傳來聲響。伯特雷跑到窗邊，探頭往外看。

「沒人……但是花壇上有腳印，要辨認應該不是件難事。」

他關上窗戶，再次坐了下來。

「法官先生，您瞧，敵人甚至沒有顧慮，不再謹慎行事，他已經沒有時間了……他也知道迫在眉睫。我們要快，我得趕快解釋，因爲這夥人不想讓我說出來。」

他把紙條放在桌上，然後攤了開來。

「首先，我要請您注意一點，紙條上除了『點』之外，就只有數字。在前三行和第五行裡面，最大數字都不超過五——我們只需要把注意力放在這幾行上面就可以了，因爲第四行的性質似乎完全不同。因此，這些數字極有可能代表五個母音，而且依出現的先後次序排列。讓我們把對照的結果寫下來。」

他拿了另一張紙，寫下來。（見下圖）

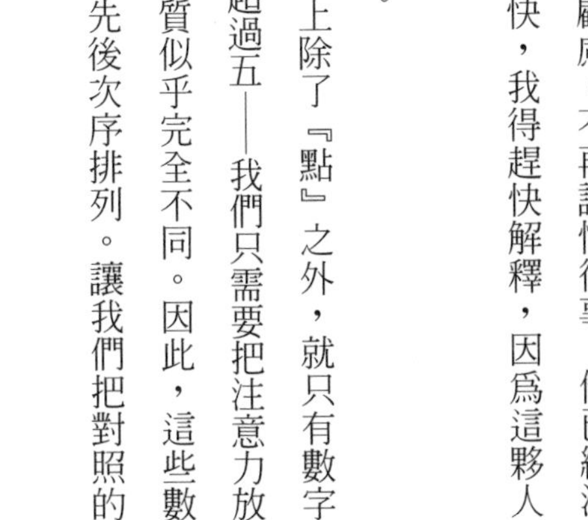

伯特雷接著說：「您也看到了，意義不大。暗號很簡單，只要把母音換成數字，然後用點號取代子音就行了。然而暗號的設計也有其複雜之處，雖然並非不可能破解，但稱得上非常困難，因爲設計者不必太費心思，也可以讓整個問題複雜化。」

「的確夠難懂的了。」

「讓我們試著來解開這道謎題。第二行分成了兩個部分，以表達的方式看來，後半段看起來有可能是獨立的另一個字。我們現在試著用子音來取代母音之間的點號，經過幾次的嘗試，可以找出唯一合乎邏輯，並且足以構成一個字的子音。這個組構之後的字是：『demoiselles』（小姐們）。」

「指的應該是傑佛爾小姐和聖維隆小姐囉？」

「顯然如此。」

「您沒有看出其他的字？」

「有的，我發現最後一行中間，也有同樣的斷點。我用相同方式來破解第五行的前半部分，我們可以立即看出用來取代兩組雙母音——也就是 ai 與 ui——之間點號的子音，只可能會是 g，接著在組構出 aigui 之後，我自然可以合情合理地推斷出取代後面兩個點號的子音，找出 aiguille（尖針）這個字。」

「有道理……只可能會是 aiguille。」

「最後，我必須透過三個母音和三個子音來找出最後一個字。我開始反覆摸索，一個接著一個地嘗試每一個子音，以字首必須由兩個子音爲原則，我找出四個可能的字：fleuve（河流）、preuve（證據）、pleure（哭泣）和 creuse（凹洞、空心）。我排除了 fleuve（河流）、preuve（證據）以及 pleure（哭泣）這三個和 aiguille（尖針）不可能產生任何關連的字，保留下 creuse（凹洞、空心）。」

「所以最後一行字是 aiguille creuse（空心的針）。我承認，您找出了正確的結論，但是這對我們有什麼幫助呢？」

「沒有，」伯特雷沉思地說：「目前沒有……至於以後呢，就說不準了。aiguille creuse 這兩個字以令人難解的方式連結在一起，我認爲一切的事件，都包藏在這兩個字眼裡。我關心的反而是這張紙的材質，也就是竊賊使用的紙張。現在還有人製作這種帶有花崗岩紋路的羊皮紙嗎？顏色是象牙白……看看這些摺痕，還有摺痕上磨損的痕跡……最後，您還得看看背後的紅蠟封印痕跡——」

這時候，有人打斷了伯特雷的話。書記官布雷杜拉開門向法官通報：最高檢察長突然駕到城堡。

菲爾法官站起身來問道：「檢察長人已經到樓下了嗎？」

「還沒有，法官先生。檢察長沒有下車，只是路過。但是他請您到城堡大門口和他見個面，他想跟您談句話。」

「奇怪了，」菲爾法官低聲說：「不管這麼多，先去看看再說。伯特雷，抱歉，我先離開一下，馬上就回來。」

他走了出去，腳步聲越來越遠。這時書記官關門鎖上，然後把鑰匙放進口袋裡。

「嘿！」伯特雷驚訝地大喊：「您這是做什麼？爲什麼要把我們鎖在裡面？」

布雷杜回敬他：「這不是比較好說話嗎？」

伯特雷跳起身子，跑向與隔壁房間相連的另一扇門。這下子，他終於明白了。原來布雷杜——法官的書記官就是竊案的共犯！

布雷杜帶著冷笑說：「別傷著手了，年輕人，那扇門的鑰匙也在我手上。」

「還有窗戶！」伯特雷大聲說。

「太晚了。」布雷杜拿著手槍，杵在窗前。

布雷杜斷絕了伯特雷所有退路。伊席鐸如今除了和面露兇光的敵人正面相對之外，沒有別的選擇，他強壓下莫名的恐慌，雙手環在胸前。

「很好，」書記官低聲咕噥：「不要浪費時間。」

他掏出懷錶。「我們這位可敬的法官會一直走到大門邊，當然啦，他在那裡看不到任何人，因爲檢察長路過的事情是我隨口杜撰的。接著，他會回到城堡裡，這大概會花掉四分鐘。我從這扇窗口逃脫，跑到廢墟旁的小門只要一分鐘的時間，前來接應的摩托車在門口等著我。所以，我們還有三分鐘，綽綽有餘了。」

書記官布雷杜的長相十分滑稽，寬鬆的褲管下藏著一雙細長的竹竿腿，碩大的胸膛彷彿渾圓的蜘蛛，橫生出兩隻長長的胳膊。他有張小鳥般的臉孔，狹窄的前額讓人一眼就能看出他固執的個性。

伯特雷雙腿發軟，身體開始搖晃，只好坐下來。

「說吧，您想怎麼樣？」

「那張紙拿來，我已經找了三天了。」

「不在我手上。」

「你撒謊！我剛才進來的時候，看到你把紙夾在筆記本裡。」

「接下來呢？」

「接下來，你最好乖乖聽話，別礙事，管好你自己就好了。我們對你的耐心已經到了極限。」

他走向前，手上的槍仍然瞄準伊席鐸，說話的聲音低沉卻鏗鏘有力，咬字清晰。他的眼神冷硬，臉上掛著殘酷的笑容。伯特雷不禁爲之瑟縮，打了個冷顫。這是他首度有身陷險境的感覺，而且是不容輕忽的危險！他明顯感覺到眼前的敵人陰狠無情，散發出讓人難以抵抗的力量。

「然後呢？」伯特雷的聲音緊繃了起來。

「然後？不會有事的，你可以自由離開……」

好一下子，兩個人都沒有說話。

布雷杜再次開口：「只剩下一分鐘了，你得下決定。好了，小傢伙，別做傻事，不管何時何地，我們都是強者……快！那張紙條拿來！」

伊席鐸沒有動彈，他雖然臉色蒼白，心裡充滿恐懼，幾乎面臨崩潰，但是仍然保持著自制，頭腦清晰。手槍黑色的槍管就在他眼前二十公分之處，而且布雷杜的手指就扣在扳機上。他只要再用點力氣……

「那張紙給我，」布雷杜說：「否則——」

「拿去！」伯特雷說。

他從口袋裡掏出筆記本遞出去，假書記官布雷杜一把抓了過來。

「好極了！算你懂事。我就知道你是個可以溝通的人，雖然有點膽小，但還算明理。我會告訴我兄弟的。現在，我要走了，後會有期！」

他收起手槍，拉開窗戶上的插栓。這時候，走廊上傳來了腳步聲。

「後會有期了，」他再說了一次，「時間恰恰好！」

但是他突然想起一件事，迅速地掏出筆記本檢查。

「該死！」他咬牙切齒地說：「紙條不在裡面，你竟敢耍我！」

他跳回房間裡，擊發兩槍，接著伊席鐸衝過來奪下手槍反擊。

「打偏了，小傢伙，」布雷杜高聲吆喝：「你的手在發抖，你在害怕——」

兩個人扭打成一團，滾到了地上，外面的敲門聲也越來越急。

伊席鐸落了下風，很快就被對手制伏。這場打鬥即將結束，布雷杜高舉拿著匕首的手往下刺，伊席鐸只感覺到肩膀一陣火辣辣的疼痛，他鬆開了手。

他隱約感覺到有人摸索他的外套口袋，拿走了那張紙。接著，他緩緩閉上眼睛，依稀看到布雷杜跳出窗外……

第二天早上，同樣的幾份報紙報導了發生在安普梅西城堡的最新事件，包括小教堂裡的複製品，檢警發現了亞森．羅蘋和蕾夢小姐的屍體，也沒有漏掉法官的書記官布雷杜企圖謀殺伯特雷。這些報社還報導了下列兩則新聞：

葛尼瑪探長突然失蹤，另外，當夏洛克．福爾摩斯前往倫敦市中心搭乘火車前往多佛港的時候，竟然在光天化日之下遭人綁架。

十七歲少年以超凡的機智讓羅蘋黨羽在短時間內慌了手腳，但是他們逆轉情勢，反而一路佔上風。再者，羅蘋兩個有力的對手——葛尼瑪探長和名偵探福爾摩斯暫時沒了消息，而伯特雷也無力再戰。這夥人如入無人之境，沒有人有能力出面阻擋。

chapter 4

面對面

六星期之後的某個夜晚，我讓家中僕人休假。這天剛好是法國國慶日的前一晚。晚上的天氣有種風雨報到之前的悶熱，我一點也不想出門，於是打開了面對陽台的窗戶，點了一盞燈，坐在安樂椅上準備讀讀當天還沒翻閱的報紙。免不了的，報紙上當然會提起亞森・羅蘋。自從可憐的伊席鐸・伯特雷遭到攻擊且險些遇害之後，報紙上沒有一天不提到他在安普梅西事件中扮演的角色，媒體甚至還爲這起事件開闢了專欄。這一連串密集、充滿戲劇性又令人費解的事件，使得輿論爲之譁然。菲爾法官不但展現了風度，而且著實值得讚揚，他坦然接受自己在事件中居次的角色，在訪談時大方讚賞他的年輕顧問在這難忘的三天中表現傑出，讓讀者大眾生起無限的想像空間。

普羅大眾樂在其中，無論是犯罪專家、小說家、劇作家、檢調人員，或是退休的前警察總局某某局長，以及如雨後春筍般紛紛冒出頭來的某某名偵探，每個人都提出自己的理論和見解，長篇大論地公諸於世。光憑著詹生塞利中學高年級學生伊席鐸．伯特雷的話，大家就想對預審法官的調查方式提出建議和補強之道。

說實在，有件事是不容否定的，也就是到了如今，所有人手上都掌握了竊案實情的所有要素。安普梅西事件還存有什麼神祕之處呢？大家都知道亞森．羅蘋在傷重垂危的時候躲在什麼地方，這一點無庸置疑，因爲儘管德拉特醫師仍然堅持保守職業上的機密，不願透露任何證據，但他還是向親近的友人承認自己就是被帶到這個地下教堂裡去，爲竊賊共犯口中的亞森．羅蘋療傷。當然了，醫師的這些好友毫無延誤，立刻便放出消息。況且，檢警在這個地下教堂中找到了艾堤恩．德．佛德伊克斯的屍體，而法官亦證明了艾堤恩．德．佛德伊克斯的確是亞森．羅蘋，因而羅蘋就是受傷的竊賊這件事，也就多了另一項佐證。

所以說，亞森．羅蘋已經不在人世，加上沖刷上岸的女屍手上佩戴的手鍊經證實爲聖維隆小姐所有，照理說，整椿事件應當就此了結。

然而情況並非如此。沒有人這麼想，原因是伯特雷的看法全然相反。沒有人知道案子爲什麼還未落幕，但是依照這個年輕人的說法，這個案子依舊是個謎。再者，也沒有任何證據足以讓人駁斥伯特雷的說法。大家一定是忽略了某些重點，所有的人都相信伯特雷一定可以提出讓人心服口服的解釋。

一開始，受傷的伯特雷由伯爵委託給迪耶普的醫師照料，大家應該不難想像，在那個階段，讀者在等候醫師發布醫療進度的時候，心情有多麼焦急！最早的幾天，大家都以為他命在旦夕，情緒不安到極點！而那天早上，當讀者在報紙上讀到伯特雷脫離險境之後，又是多麼興奮雀躍！隨便什麼細節，都可以讓人動容！看到伯特雷的老父親在接到快信之後趕赴迪耶普照顧兒子，讀者忍不住一掬憐惜的淚水，而傑佛爾小姐徹夜照顧受傷的年輕人，同樣也讓大家的讚佩之情油然而生。

接下來，伯特雷快速地恢復健康，大家終於能夠知道完整的故事了！人人都曉得伯特雷答應將一切告訴菲爾法官，只可惜竊賊一刀阻止了伯特雷，讓他沒辦法說出關鍵的案情！除了這起不幸的攻擊事件，世人也馬上可以得知檢調單位摸不透又理不清的詳細案情。

伯特雷出院了，他的傷勢已經痊癒，大家對亞森・羅蘋的神祕共犯——仍拘禁在巴黎桑德監獄的哈靈頓先生——終於可以有更進一步的瞭解。至於膽大妄為的另一名共犯——書記官布雷杜，他的下場也即將揭曉。

伯特雷如今自由了，大家總算可以知道葛尼瑪探長如何失蹤、名偵探福爾摩斯遭人綁架之謎，這種事怎麼可能發生呢？不管是英國偵探也好，法國探員也好，大夥兒都摸不著頭緒。聖靈降臨節那個週日夜晚，葛尼瑪沒有回家，到了星期一仍然不見蹤影，六個禮拜以來音訊全無。

在倫敦方面，夏洛克・福爾摩斯在聖靈降臨節過後的星期一下午四點鐘搭乘出租馬車前往車站。他才剛上車就想下車，大概是有所警覺。但隨後有兩個人跳進車廂，一左一右地壓制住他，把他包夾在兩個人之間——不過，有鑑於車內空間有限，正確的說法，應該是他被壓在兩個人的身下。十名左右的目擊者眼見綁架案發生，卻來不及阻止，眼睜睜看著馬車揚長而去。之後呢？之後，什麼消息都沒有，沒有人知道發生了什麼事。

此外，針對書記官布雷杜急著想找回的紙條，伯特雷也許能夠給世人一個清楚的說明，爲什麼布雷杜會爲了這張紙條不惜持刀攻擊伯特雷，強行搶回紙條。無數愛好解謎的人士開始悶頭鑽研數字和點號，想要破解他們口中的「空心針之謎」！「空心」與「針」這兩個字眼以令人難懂的方式結合在一起，這張來路不明的紙條帶來難以理解的疑問。這張紙條會不會根本毫無意義，單純只是小學生拿起紙筆隨手在紙張一角塗塗寫寫的結果？難不成這兩個神奇的字眼，代表了大冒險家羅蘋畢生活動的眞正意義？大家仍然一頭霧水。

謎底就快揭曉了。幾天以來，媒體不停地報導伯特雷即將在眾人面前再次現身，重啓爭鬥，而且這一次，這個毫不留情的年輕小伙子絕對會大刀闊斧地復仇。就在這個時候，《要聞報》吸引了我的目光，記者用斗大字體在刊頭寫著：

本報已取得伊席鐸·伯特雷先生的同意，率先刊出伯特雷先生揭發的內幕消息。明天，也就是星期三，在司法單位接獲資料之前，《要聞報》將爲讀者揭開安普梅西城堡竊案的謎團。

「看起來大有可爲，是吧？您有什麼看法呢，老朋友？」

我從椅子上彈了起來，看到有個陌生人坐在我身旁的椅子上。

我環顧四周，想找個可用的武器。然而這個人似乎毫無攻擊的意圖，於是我強自鎮定靠向前去。

我眼前的年輕人五官清晰，蓄著金色的長髮，黃褐色的短鬚左右對分，身上的衣著讓我聯想到英國牧師樸素的穿著。此外，他整個人流露出樸實嚴謹的態度，讓人不由得肅然起敬。

「請問，您是哪位？」我問道。

見他沒有回答，我又說了：「您是誰？怎麼進來的？您想做什麼？」

他看著我，然後說：「您不認識我嗎？」

「不……不認識！」

「哈！這就怪了。仔細想想，在您的朋友當中，有沒有哪個與眾不同的傢伙——」

我用力抓住他的手臂。「您撒謊！您不可能是您口中的人，這不可能是眞的——」

「那麼，您怎麼偏偏就是想到他，而沒想到別人？」他笑著說。

啊！這個笑聲！這個年輕開朗的笑聲，笑裡的嘲諷和幽默總是能逗我開心！我渾身打顫，這會是眞的嗎？

「喔，不，不！」我嚇到了，忍不住囁嚅抗議：「不可能的……」

「不可能是我，因爲我死了，對吧？您不相信鬼魂嗎？」

他又笑了。「我有可能會死嗎?就這樣，被那個年輕女孩從背後開了一槍，死於槍擊嗎?眞是的，您錯看我了!您難道眞以爲這種結局能讓我滿意?」

「眞的是您!」我還沒辦法完全相信，激動之下，講起話來結結巴巴的，「我還眞的認不出來。」

「假如眞是這樣，」他高興地說：「那我就放心了。如果見過我眞面目的人沒在今天認出我來，那麼，那些從今天起，見到我這副模樣的人，就算看到了我的眞面目，也不可能認出我來——呃，這是說，假如我有眞面目的話……」

這會兒，他不再掩飾自己的聲音，我終於辨認出羅蘋在假扮外表下的聲音、眼睛、臉上的表情，以及他的態度和他整個人。

「亞森・羅蘋。」我喃喃地說。

「這就對了，在下正是亞森・羅蘋!」他一邊起身，一邊大聲說：「獨一無二的羅蘋，從死神的國度裡返回人世——聽說我傷重，而且還死在地下教堂裡。但是亞森・羅蘋生龍活虎、腦筋清楚，不但快樂又自由自在，並且決定在這個讓他享盡福報和特權的世界上繼續快活下去。」

這回，輪到我笑了。

「夠了，眞的是您，而且比我去年看到您的時候更快樂!眞是恭喜了!」

我這是在暗指他上次的來訪。上次他來的時間，是在「消失的王冠」①這場冒險之後的事了，當時他悔婚，帶著宋妮雅・克許諾夫遠走高飛，最後這名俄國女郎卻慘死。那天，我見到了另一個陌生的亞森・羅蘋，他憔悴頹廢，哭腫了雙眼，來我這裡尋求慰藉和溫暖……

「夠了，別再提，」他說：「過去的已經過去。」

「不過是一年前的事。」我說。

「是十年前的事了，」他鄭重地說：「亞森・羅蘋的一年抵得過一般人的十年。」

我不再堅持，換了個話題：「您怎麼進來的？」

「怎麼著，當然是和大家一樣，從大門進來的啊！我進門後沒看到人，便穿過客廳，沿著陽台來到這裡。」

「就算是這樣好了，您又怎麼會有大門的鑰匙呢？」

「對我來說，世界上沒有門這回事，這您也知道。我想借用您的住處，所以就進來了。」

「請便！需要我迴避嗎？」

「喔，不需要，您不會礙事的。我甚至可以預告，今天晚上絕對會很精采。」

「還有別人會出席嗎？」

「是的，我約了人，十點在這裡見面。」他掏出懷錶看時間，「十點了。如果他接到了電報，應該很快就會出現。」

前廳的門鈴響了起來。

「我就說吧！您不必起身，我自己去開門。」

天哪，他究竟約了什麼人碰面？我會參與什麼樣的場面，是悲慘還是滑稽呢？能夠引起羅蘋的興趣，這個狀況肯定不同凡響。

沒過半晌，他就回來了。他側過身子，讓一個瘦瘦高高、臉色蒼白的年輕人先走進來。

羅蘋一言不發，一本正經地打開屋裡所有電燈，他的動作讓我感到些許不安。房間裡充斥著明亮的光線，這兩個人直視對方的雙眼，彷彿想藉由熾熱的眼神看穿彼此。光是看到嚴肅又沉默的兩個人，就教人印象深刻。但是，這個剛走進門的人是誰？

這個年輕人與最近報紙上刊登的照片有幾分形似。我正打算猜測他的身分時，羅蘋轉身對我說：「好朋友，容我爲您介紹，伊席鐸・伯特雷先生。」

接著，他立刻對年輕人說：「伯特雷先生，我要感謝您在接到我的信件之後，願意先來這裡和我見面再發表您的內幕消息，再者，您對於這次見面的善意回應，也讓我十分感激。」

伯特雷微笑著說：「容我把話說在前面，我會善意回應，純粹是因爲聽從您的指示。您在信中的威脅並非針對我而來，而是針對我的老父親。」

「這倒是沒錯，」羅蘋笑著回答：「做事總是得盡力，而且要善加利用手邊的資源。我領教過了，您並未把自身的安全放在首要考量，從您抗拒布雷杜先生的言行就可以得知這一點。所以，我們只好拿令尊當作籌碼。您敬愛您的父親，我只好借題發揮。」

「所以我來赴約。」伯特雷完全同意。

我請他們坐下。兩人坐下之後，羅蘋以他一貫微妙又譏諷的語氣說：「伯特雷先生，不管如何，如果您不肯接受我的感謝，至少也不要拒絕我的歉意。」

「歉意！這話是什麼意思？」

「我要爲布雷杜先生對您的粗暴攻擊表示歉意。」

「我承認，他的舉動的確出乎我的意料之外，這不是亞森・羅蘋的行事風格。拿刀子攻擊——」

「我保證，我絕對沒有授意他這麼做。布雷杜剛加入我們沒多久。我那幾個負責策劃的朋友認爲，能夠吸收分案法官身邊的書記官，對我們會很有利。」

「您朋友的想法很正確。」

「事實上，布雷杜的職責就是緊盯住您，這對我們非常重要。但是，新手總是滿腔熱情，力圖表現反而壞了我的計畫。他擅自出手，才會傷了您。」

「喔，不過是小事一樁罷了。」

「不，不可以，我已經嚴厲指責過他了。然而我還是要幫他說句話，您的進展出奇地迅速，讓他完全沒有料到。如果當時您再多給我們幾個小時，應當就可逃過這個讓人無法原諒的劫數。」

「然後，我一定也有榮幸享受和葛尼瑪探長以及福爾摩斯先生相同的待遇，對嗎？」

「正是如此，」羅蘋的笑容更燦爛了，「而且這麼一來，我就不會爲您的受傷而感到痛苦了。請相信我，您的刀傷讓我感同身受，甚至，當我現在看到您蒼白的臉色時，仍然感覺到十分愧疚。您不會因此怨恨我吧？」

「您證明了您對我的信任，」伯特雷說：「您毫無條件地來到我面前，我大可找幾個葛尼瑪的朋友陪我一起來的！您的信任足以抹滅先前的不快。」

他是認眞的嗎？我承認自己相當困惑，這場龍爭虎鬥的開端，讓我完全摸不著頭緒。我曾經參與羅蘋和福爾摩斯在巴黎北站咖啡廳裡頭一回的正式見面會，忍不住想起當時雙方的高傲姿態。當時他們藉由彬彬有禮的態度隱藏住心中的傲氣，加上高來高去的招數、刻意的佯裝和自大傲慢，場面著實令人訝異。

眼前這一幕截然不同。老實說，羅蘋一點也沒有改變，他還是運用同樣的策略，和藹可親之餘，仍不失揶揄和嘲諷。但是他這次遭遇的對手十分獨特！伯特雷說話時未顯出敵對的態度，外表更是誠懇。他很鎮定，惟其鎮定的態度發自於內心，並非爲了掩飾內心波動的情緒，他彬彬有禮但不流於誇張，臉上的笑容沒有戲謔的意味。他和亞森・羅蘋是完全相反的典型，這個強烈的對比，讓我覺得羅蘋幾乎和我一樣困惑。

顯然，羅蘋面對的不單純是一個身體孱弱、雙頰猶如少女般紅潤、眼神溫馴又迷人的年輕人。絕對不是這樣，因爲羅蘋失去了一貫的自信。我不止一次發現他表現出困窘的態度，他猶豫不決，沒有直接出擊，把時間浪費在令人肉麻的虛僞言詞上。

羅蘋似乎想尋找某種東西。他似乎在尋找，在等待。是什麼呢？他需要奧援！

外面又有人按了門鈴。他迅速地起身去應門。

接著，他帶了一封信進來。

「兩位，可以容我拆開信閱讀嗎？」羅蘋徵求我們的同意。

他拆開信封，裡面有一封電報。他開始閱讀。

這封電報讓他似乎變了個人，他的臉色頓時亮了起來，不自主地挺直了身子，我還注意到他前額上青筋跳動。我再次看到了矯捷的駕馭者羅蘋，他自信滿滿，掌控了所有的事件和人物。他將電報攤在桌子上，握起拳頭一敲，然後大聲說：「伯特雷先生，現在，我們來做個了斷！」

伯特雷擺出聆聽的姿態，而羅蘋以審愼、嚴厲又專斷的語氣說：「讓我們都卸下面具吧，不需要繼續虛情假意互相恭維。我們站在敵對的雙方，清楚知道對方掌握了什麼關鍵資訊，既然我們立場不同，就讓我們以對待敵人的方式看待彼此。」

「對待？」伯特雷驚訝地說。

「沒錯，對待。我不是隨口謅出這個字眼的，不管必須付出什麼代價，我都要再次重申。我不計代價。這是我第一次面對面在敵人面前說出這個字眼，我可以立刻再告訴您，這也是最後的一次。好好珍惜吧！除非您親口給我承諾，我才會離開這裡。否則，就讓我們宣戰。」

伯特雷似乎越來越驚訝。他好聲好氣地說：「我沒想到情況會是這樣，您的說法太奇怪了！這和我想像中的全然不同！沒錯，我想像中的羅蘋完全不是這樣——您爲什麼這麼憤怒？還語帶威脅？就因爲情勢讓我們各有不同的立場，我們就非得當敵人不可嗎？……這究竟是爲了什麼？」

羅蘋顯得有些狼狽，但是他仍然一邊冷笑，一邊俯身靠向伯特雷。

「年輕人，您聽好了，這無關乎遣辭用句。我們現在講的是一件事實，確確實實，且毫無商量的餘地。這個事實是：十年來，我從來沒遭遇過像您這樣的對手，不管是葛尼瑪也好，福爾摩斯也一樣，他們都被我玩弄於股掌之間。面對您，我必須出手防衛，說得嚴重一些，我甚至得退讓。的確，就現在的情勢看來，您和我都知道我屈居劣勢。伊席鐸·伯特雷勝過亞森·羅蘋，我的計畫全變了調。我想要掩人耳目的一切都被您公諸於世，您對我造成妨礙，阻擋我的去路。我受夠了……布雷杜之前就告訴過您，但是絲毫沒有效果。我呢，我要再對您說一次，希望您能夠聽得進去：我受夠了！」

伯特雷點頭表示明白。「但是，您究竟想怎麼樣？」

「還我安寧！各人自掃門前雪，別管閒事！」

「您的意思是讓您繼續當個沒人干擾的竊賊，而我回去繼續我的學業？」

「繼續您的學業……或隨便您想做什麼都好，這和我沒關係。總之，您得還我安寧，我不要受到打擾……」

「我怎麼可能打擾到您的安寧？」

羅蘋兇狠地握住伯特雷的手臂說：「您心知肚明！別假裝不知情。您掌握了一個對我非常重要的祕密，您有權猜測，但是不能公諸於世。」

「您確定我真的知道？」

「您知道的，我很確定。我一分一秒、日復一日地追蹤您的想法和進展，在布雷杜攻擊您的時候，您幾乎就要說出來了。您現在是顧慮到父親的安危，才願意延後說出真相。但其實您的文章早已準備好了，將在今天——再過一個小時之後，就會送交給報社，在明天刊登。」

「沒錯。」

羅蘋站起身來，大手一揮，怒斥道：「不能刊登！」

「絕對會見報！」伯特雷也突然站起身子。

到了這個節骨眼，兩個人終於劍拔弩張地對峙。這個場面十足震撼，他們雖然沒有動作，但形似已扭打成一團。伯特雷的身上彷彿生出了一股突發的精力，剛剛湧現的情緒，加上勇氣、自信、抗爭的念頭，和身陷險境的領悟，在他的體內燃起了一陣火光。

至於羅蘋呢，他炯炯有神的目光中充滿了喜悅，就像個鬥士，終於迫使深惡痛絕的敵人拔刀相向。

「您已經把新聞稿送出去了嗎？」

「還沒有。」

「您……帶在身上嗎？」

「我沒這麼傻！早就不在我這裡了！」

「那麼——」

「稿子裝在密封的信封裡，在編輯手上。如果我到午夜還沒進到報社，他會立刻付印。」

「嚇，狡猾的傢伙！」羅蘋低聲咒罵，「他設想得可眞周到。」

他的怒火隨之高漲，而且明顯地流露出來，氣勢駭人。

這下輪到伯特雷冷笑了起來，到手的勝利讓他洋洋得意。

「閉嘴，你這個毛頭小子！」羅蘋怒氣沖沖地斥喝：「你難道不知道我是誰，我有什麼本事？你竟然還敢笑！」

兩個人都沒有說話。接著，羅蘋靠向前去，直視伯特雷的雙眼，低沉地說：「你立刻趕到《要聞報》去——」

「不！」

「去把稿子銷毀。」

「不！」

「去找報社的主編。」

「不！」

「告訴他，你弄錯了。」

「不！」

「然後你另外寫一篇文章，用個官方說法，謅出個所有人都能接受的說法，把安普梅西城堡事件給讀者一個交代。」

「不！」

羅蘋一把抓起我書桌上的鐵尺，毫不費力地折成兩段。他的臉色鐵青，令人心生恐懼。他伸手擦掉額頭上冒出的汗珠。從來沒有人忤逆羅蘋，這個固執的年輕人讓他幾乎失去理智。

羅蘋把雙手放在伯特雷的肩膀上，一字一句地說：「你就是要這麼做，伯特雷。你要說，根據你的最新發現，你確定我已經死了，而且無庸置疑。你一定得這麼說，否則……」

「否則怎麼樣？」

「你的父親在今天晚上會被綁架，步葛尼瑪和福爾摩斯的後塵。」

伯特雷微笑以對。

「別笑！回答我的問題！」

「我要說，很抱歉，我恐怕要讓您失望了，不過我既然已許下承諾，就會把眞相說出來。」

「照我的指示說！」

「我只會依實情去說，」伯特雷激動地說：「這是您無法明白的事！您不能瞭解大聲說出眞相的喜悅與必要！事實就在這裡，在這個推敲出眞相、揭露眞相的腦子裡，至於故事一定會以最眞實的面貌赤裸裸地呈現在讀者面前。這篇新聞出自我筆下，讀者會知道羅蘋尚在人世，也會得知羅蘋想讓大家誤以爲他已死去，一切將公開在世人的目光之下。」

接著，他冷靜地補充：「而且，我的父親不會被你們綁架。」

兩個人又好一下子沒有說話，只是互相凝視對方。他們彼此打量，緊張的情緒似乎一觸即發。這沉默就像一段前奏，緊接在後的，將是致命的一擊。誰會先出手？

羅蘋喃喃地說：「除非我下令阻止，否則，我有兩個朋友會在凌晨三點依照我先前指示，潛入令尊的房間，如果他聽話最好，否則他們會強行擄走，把他和葛尼瑪以及福爾摩斯關在一塊兒。」

伯特雷發出刺耳笑聲，打斷羅蘋的話。

「惡棍哪，顯然你還不明白，」伯特雷大聲說：「我早先採取了預防措施。你以爲我眞的會那麼天眞，笨到把我父親送回偏僻的鄉下家中嗎？」

啊，這個諷刺意味十足的燦爛笑容，讓年輕人的臉色整個明亮了起來！伯特雷唇邊這抹嶄新的笑容，毫不掩飾地表達出羅蘋稍早一番話帶來的效果。他不再使用敬語的「您」來稱呼羅蘋，而是直接以「你」相稱，這讓他立刻與對手站在平等的地位！

伯特雷開口說：「瞧，羅蘋，你的缺點，就是以爲自己的計畫永遠萬無一失。你剛才說自己落敗，不是嗎？這話純粹是個幌子！你相信自己終將贏得最後的勝利，但是你忘了別人也懂得策劃。朋友啊，我的計畫很簡單。」

看他說話是一件賞心悅目的美事，他雙手插在口袋裡來回踱步，從容不迫中仍然像個不知天高地厚的孩子，放肆地逗弄綁了起來的猛獸。此刻，他正在為怪盜羅蘋的所有受害者狠狠地報仇。隨後，他下了一個結論：「羅蘋哪，我父親不在薩瓦省，他在法國另一頭的大城市裡，我們有二十位朋友守護著他，在我們結束這場爭鬥之前，絕對不可能讓他離開視線範圍。你想知道更多細節嗎？他人在瑟堡，藏在瑟堡兵工廠雇員的家裡，別忘了，軍火工廠晚上是關閉的，訪客必須申請通過，才能在白天由導遊陪同進入。」

他在羅蘋面前停住腳步，像個對同伴扮鬼臉的小孩一樣嘲笑羅蘋。

「你怎麼說啊，這位大盜？」

過了好幾分鐘，羅蘋一動也沒動，連臉上的肌肉都沒有抽動。他在想什麼？他要怎麼回應？所有知道他在傲氣之下隱藏著狂暴怒火的人都料得到，在這個時候，他只會有一種反應，也就是迅速徹底地擊垮敵人。他握起拳頭，有那麼一瞬間，我以為他就要撲向伯特雷，掐住他的喉嚨。

「你怎麼說啊，這位大盜？」伯特雷重複了一次。

羅蘋拿起放在桌上的電報遞給伯特雷，用充滿自制的語氣對他說：「來，好孩子，來讀讀電報吧。」

伯特雷注意到羅蘋輕緩的動作，瞬時嚴肅了起來。他打開摺起來的電報看了一眼之後，立刻抬起目光，喃喃地說：「這是什麼意思？……我不懂……」

「再怎麼說，你也該看得懂前兩個字，」羅蘋說：「電報上的前兩個字，也就是拍發電報的地點。你瞧瞧，是『瑟堡』。」

「是……對……」伯特雷結結巴巴地說：「瑟堡……然後呢？」

「然後？就我來看，後面寫得也夠清楚啊，『取得包裹……友人隨行離開，等待指示，等候至明晨八點。一切順利。』你還有什麼看不懂的地方呢？是『包裹』這個字眼嗎？啊，我們總不能寫『伯特雷老爹』吧！想知道我們是怎麼辦到的嗎？儘管你父親身邊有二十名保鏢，我們還是有本事把他從瑟堡的兵工廠裡帶出來，這簡直是奇蹟，對吧？哈！其實，這不過是兒戲罷了！無論如何，目前的情況是包裹已經寄了出來。好孩子，現在你怎麼說啊？」

伯特雷打直腰桿，努力壓下怒火，強自維持鎮定。但是我仍然看得到他雙唇輕顫，下巴僵硬，徒勞無功地想穩住自己的目光。他先是結結巴巴地說了幾個字，然後安靜下來，接著突然崩潰，雙手掩住臉哭著說：「喔！爸爸……爸爸……」

這個轉折確實出人意表，驕傲的羅蘋一出手，果然製造了最震撼的效果，然而這個變化同時也伴隨了更深刻的情感，使得感人又純潔的眞情表露無遺。羅蘋作了個惱怒的手勢，隨手拾起了帽子，對於伯特雷爆發的激動情緒，似乎感到有些焦躁。但是，他走到門口時卻又停下了腳步，躊躇了一會兒，然後一步一步慢慢走回來。

伯特雷原來只是輕聲啜泣，現在越哭越大聲，像極了忍不住心中痛苦的小娃兒。他的肩膀隨著嗚咽的哭聲上下起伏，遮埋臉孔的雙手也掩不住淚水，淚珠從指縫間滑落。羅蘋彎下腰對年輕人說話。羅蘋沒有碰觸他，語氣中絲毫不帶譏諷，也沒有贏家常見那般帶著侮辱意味的憐憫。

「年輕人，別哭了。上戰場之際，總要先做好落敗的準備，就像你現在一樣，低頭認輸。你還得面對更多的險境哪！這是鬥士的宿命，我們必須勇敢承受。」

接著，他輕柔地繼續說：「你稍早說的沒錯，我們並非敵人。很久以前我就知道了……打從一開始，我就對你心生好感，也很讚賞你聰明又機伶的反應。這就是為什麼我要對你說這些話的原因，我不是要冒犯你，也絕對不想這麼做，可是我還是得說，別繼續和我作對了！我這不是虛榮，也不是看不起你，只是你要知道，這場爭鬥的立足點太不平等。別說你不知道，任何人都猜不透我掌握了多少資源。拿這個你費盡心思想要解開的『空心針』之謎來說好了，我們姑且承認這可能代表著用之不完、取之不竭的寶藏，或是個看不見又奇特的藏身之地，甚至可能兩者皆是……你想想看，我可以從中汲取多少不可思議的能量！同樣的，你也不知道我的能耐，不明白我憑著意志力和無窮的想像力來行事策劃，以贏得最後的勝利。這樣想好了，我這一輩子——我幾乎可以說，打我出世開始——一直朝同一個目標前進，我付出了辛勤的努力，才成為今日的羅蘋，創造出——也成就了我想要成為的人。所以了，你還能怎麼做呢？就在你以為勝券在握的時候，偏偏就落了空。你一定會有所疏漏，也許是沙礫般微不足道的小事，而這正好就是我在你沒注意時候布下的局面……我拜託你，放棄吧……否則情勢一定會對你不利，我絕對不樂意見到這樣的結局……」

他用手扶住額頭，說：「這是我第二次開口了，孩子，放棄吧！我會傷到你的。誰能料到呢，也許我用來誘捕你的陷阱早就出現在你的腳下了。」

伯特雷放下手，露出臉來。他已經不再哭泣了。他有沒有聽進羅蘋的話呢？從他心不在焉的神情看來，這恐怕值得懷疑。他沉默了兩、三分鐘，似乎在權衡該做何決定，檢視正反兩面的影響，分析利弊得失。最後，他終於對羅蘋說：「如果我修改我的稿子，確認您已經死去，並且保證絕對不揭發這個版本的眞僞，那麼，您能發誓還我父親自由嗎？」

「我可以發誓。我的朋友開車載著令尊到鄉下的另一個城市去了。明天早上七點鐘，如果《要聞報》上的文章和我所要求的相符，我會打電話過去，他們會釋放你的父親。」

「就這麼辦，」伯特雷說：「我同意您的條件。」

伯特雷在接受自己的挫敗之後，似乎覺得留下來繼續談話無益，於是迅速起身，拿起帽子，向我和羅蘋致意之後，就出門離去。

「可憐的小傢伙……」

*　*　*

第二天早上八點鐘，我差僕人去爲我買《要聞報》。他過了二十分鐘之久才帶著報紙回家，因爲這份報紙在大部分的書報攤上均已銷售一空。

我焦急地翻開報紙，看到伯特雷的文章刊登在頭版。文章內容如下，隨後，世界各地的報紙也跟著轉載：

安普梅西城堡的神祕案件

我並不想藉由這篇文章來詳述我透過哪些思考方式和調查來重建發生在安普梅西城堡的事件——或者我該說，安普梅西城堡的兩樁事件。我認爲這些涵括了演繹、歸納、分析等等的工作和評論，不會讓讀者太感興趣，且也流於平凡。不是的，我要在此發表我的兩種想法，並且藉此解決隨之而來的兩個問題。同時，我將會依照事件發生的先後順序，來爲讀者講述整個故事。

眼尖的讀者也許會察覺到故事中的某些事件並沒有確切的證據，我留下太多假設的空間。的確沒錯！然而我認爲自己的假設都是建立在足夠的實證之上，因此，這些事件儘管缺乏具體證據，可是卻是經過嚴謹的推理和判斷。河水經常會潛入河床的石塊之下，但是當我們看到映照蔚藍天色的河流再次出現時，並不代表這不是同一條河流。

我要用整體概念來解開我碰到的第一個謎團，而不去說明細節。首先，羅蘋受了重傷，甚至已是性命垂危，怎麼可能在沒人照料、沒有經過醫治，甚至沒有食物的狀況下在陰暗的地下洞穴裡存活四十天？

讓我們從頭開始檢視：四月二十三日星期四的凌晨四點鐘，亞森·羅蘋在一次大膽的竊盜行動中受到了驚嚇，於是他沿著廢墟旁的小徑逃跑，卻中槍倒地。他痛苦地拖行了一會兒，倒地後努力想要站起身來，他的目的，是希望能躲進小教堂裡。稍早，他在無意間發現了廢墟裡有座地下教堂。如果他能躲進地下教堂內，那麼便有可能得救。他用盡全身力氣往前爬，就在距離小教堂不到幾公尺的地方，他聽到了腳步聲。羅蘋這時幾乎精疲力盡，打算乾脆放棄。結果，出現在眼前的敵人竟然是蕾夢·聖維隆小姐。與其說這是悲劇的開場，不如稱之爲悲劇的第一幕。

這兩個人之間發生了什麼事？看到隨後的發展，我們不難猜出答案。有個受傷垂危的男人躺在女郎腳邊，再過個兩分鐘，他將遭到逮捕，而射傷這個男人的正是女郎。她要不要把他交出來？

假如他是謀害祥恩·達瓦的凶手，那麼，是的，她會將一切交付給命運。但是他簡短地說出實情：達瓦死在她舅舅傑佛爾伯爵的正當防衛之下。她相信了他的話。現在，她該怎麼做？不能讓任何人看到他們。僕人維克多看守著小門，另一名僕人亞伯站在客廳的窗邊，恰好看不見他們。她究竟要不要交出這個被她射傷的男人？

所有的女人都能瞭解：女郎動了惻隱之心。她依照羅蘋的指示，用手帕蓋住他的傷口，以免留下血跡。接著，她用他遞過來的鑰匙打開小教堂的門。女郎扶起羅蘋進到裡面，她先關上門，然後退開。這時候，亞伯也來到了現場。

如果有人在這個節骨眼上——或至少在接下來的幾分鐘內走進小教堂，那麼羅蘋不可能有時間重拾殘存的力氣，掀開石板，走下樓梯進入地下教堂裡去。如果眞是如此，他早已落網。但是，一直到六個小時之後，才有人走進小教堂，而且草率搜索了事。羅蘋得救了，出手相救的人是誰？正是差點殺了他的女郎。

從那一刻開始，姑且不論聖維隆小姐是否心甘情願，她就此成了羅蘋的共犯。她不但不能把他交給警方，而且還必須提供協助，才不至於讓這個被她藏匿起來的傷者死去。於是，她只好繼續……如果說，她的女性直覺讓她不得不繼續照顧羅蘋，這個本能同樣也讓這項任務不至於太過困難。聖維隆小姐是個心思細膩的女孩，知道要防範未然。在預審法官詢問的時候，她刻意錯誤描述了羅蘋的外貌和長相（想必讀者還記得，兩個女孩對於歹徒長相的描繪南轅北轍）。顯然她還透過某種我無從得知的方式，看穿了假司機——也就是羅蘋共犯——的眞實身分，然後向他示警，告訴他羅蘋亟需開刀治療。換掉司機皮帽的人是她，主使羅蘋黨羽寫下威脅她自己人身安全那封信函的人一定也是她。經過威脅事件之後，還有誰會懷疑她？

當我正打算把初步的推斷告訴法官之時，她假裝自己在前一天傍晚看到我在小門外的樹叢邊徘徊。這使得菲爾法官對我有了懷疑，因此我沒辦法繼續發言。這個方法十分危險，因爲這會引起我的注意，讓我懷疑這名誣告我的對象。但是反過來說，這也是個有效的手段，如此一來，她不但可以爭取到時間，還能封住我的口。四十天來，爲羅蘋送食物、送藥的人正是她（我詢問過烏維爾的藥師，他拿出聖維隆小姐拿來開藥的處方箋，可作爲證明），聖維隆小姐悉心看護受傷的羅蘋，終於讓他痊癒。

到目前爲止，我們解決了安普梅西事件兩大疑點的其中之一。亞森．羅蘋在身邊——就在城堡裡——找到無可或缺的幫手，一開始只是爲了不要被人發現，接下來，則是爲了生存。現在，他活了下來。於是，第二項疑點隨之出現，爲了找出答案，我進行了許多調查，這些調查成了引線，讓我揭開安普梅西的第二樁神祕事件。再度生龍活虎的羅蘋重獲自由，呼風喚雨，領導一群忠心的黨羽。那麼，他爲什麼要費盡心思，想要讓司法單位和民衆以爲他已經死了呢？這個問題教我百思不解。

想必各位讀者仍然記得：聖維隆小姐美麗過人。報紙在她失蹤後刊登的照片，實在無法完全表現出她的美貌。就因爲如此，注定要發生的事，終會發生。四十天以來，羅蘋天天見到這位美麗優雅的女郎，沒看到她會思念，看到了她，又得按捺對她的迷戀，當她朝他俯下身子的時候，羅蘋只嗅到她芬芳的氣息。羅蘋愛上了他的看護！感激之情轉變成了愛意，仰慕很快加溫成激情。她拯救了他，成了他眼中喜悅的泉源，她是他在孤獨時候夢想的對象，是他的光明、他的希望、他的生命。

羅蘋極尊重聖維隆小姐，沒有濫用女郎的付出，也不曾利用她來聯繫手下。這段期間，他的黨羽確實有些亂了手腳。但是，他深愛著她，於是放下那些顧忌。然而聖維隆小姐不但沒有被他冒犯的愛意所打動，在他逐漸康復之際，還減少來探望他的次數，當他痊癒之後，她甚至不再出現。絕望的羅蘋爲愛所苦，想出了可怕的解決之道。他離開藏匿多時的地下教堂，準備反擊，於六月六日星期六那天，在共犯的協助下劫走了年輕的聖維隆小姐。

然而故事還沒有結束。劫持事件必須保密，所有的搜索行動以及各方的臆測都必須迅速了結，甚至連半點希望都不能多留，聖維隆小姐必須喪命！他們虛構了一樁謀殺案，把證據送到調查人員的手上。毫無疑問，安普梅西一定有凶案發生。何況這樁凶殺案早就有預警，羅蘋的黨羽會出面爲頭子復仇。以這個預警爲出發點——請各位讀者注意整個布局的巧思，讓所有的人——我該怎麼表達呢？羅蘋讓所有的人全都一口吞下誘餌，對這起凶殺案深信不疑。

當然，光是相信沒有用，必須要有確鑿的證據。羅蘋料到我必定會追蹤這件事，猜出小教堂裡的雕刻作品是複製品，也會找出地下教堂的位置。如果地下教堂裡空無一人，那麼他的計畫就會毀於一旦。

——因此，地下教堂裡不能沒有人。

同樣的道理，如果大海未把聖維隆小姐的屍體送上海岸，這樁凶案就不能完全讓人心服。

——也就是這樣，潮水必須將聖維隆小姐的屍體沖刷上岸！

問題的困難度是不是高到令人咋舌？雙重障礙是否難能克服？對羅蘋以外的人來說，答案是肯定的，但是對羅蘋則否。

正如羅蘋所料，我的確猜出了小教堂裡的雕刻作品是複製品，也揭開了地下教堂的存在，然後走進羅蘋藏身的巢穴。他的屍體就在裡頭！

所有相信羅蘋可能身亡的人，都中了羅蘋的計，但是我堅決認爲這是不可能發生的事（這首先出自我的直覺，接下來，則是靠推理）。這個奸巧的詭計反而讓羅蘋的精心策畫落了空。我一看到就禁不住要懷疑，被我手上十字鎬敲落的石塊怎麼可能剛好毫釐不差，擺在如此精準的位置上，任何人只要隨手一敲，就會讓石塊掉到地下教堂，準準地砸爛假羅蘋的頭，使他面目全非，完全無法辨識。

半個鐘頭後，有另外一項新發現。警方接到報案，有人在迪耶普的礁岩上發現聖維隆小姐的屍體……其實，我該說，是司法單位眼中認定的聖維隆小姐屍體，因爲他們看到屍體佩戴了一條和聖維隆小姐相似的手鍊。這是唯一的證據，因爲屍體已經無法辨識。

這些環節喚醒了我的記憶，我完全瞭解了。在發現屍體的幾天之前，我在一份迪耶普當地的《瞭望報》上讀到了一篇文章，有一對住在安維莫的美國年輕夫婦服毒自殺，但是在他們被人發現死亡的當晚，屍體卻消失無蹤。我急忙趕到安維莫去，得知報導不假，唯一的差別在於失蹤的屍體。有人告訴我，這對夫婦的兄弟在官方驗屍程序結束之後，才領走了屍體。毫無疑問，所謂的兄弟，定是羅蘋一夥人假冒的。

因此，一切都有了證據。我們找出羅蘋虛構殺害聖維隆小姐的動機，何以四處散佈自己死亡的消息。他不願意讓任何人知道他愛上了聖維隆小姐！爲了將世人蒙在鼓裡，他不會有所退縮，甚至以駭人聽聞的手法竊取了兩具屍體，來取代他自己以及聖維隆小姐。他以爲如此一來就沒事了，不會有人懷疑他，不會有人懷疑他想掩蓋的事實。

眞的沒有人嗎？有的……羅蘋有三個對手可能會有所質疑。一位是即將抵達安普梅西的葛尼瑪探長，另一位是福爾摩斯，他將橫渡海峽來到法國，再者就是人在現場的我。他一一消除這三重危機，先下手綁架了葛尼瑪，接著是福爾摩斯，我則遭到布雷杜持刀攻擊。

最後，只剩下一道仍然晦澀難解的謎團。羅蘋何以如此迫切地想搶回我手上那張寫著「空心針」的紙條？他當然不可能認爲只要搶走紙條，印在我記憶中的那五行字也會隨之消失。那麼，原因何在？他是不是擔心這張紙條本身的特性，或是紙條上其他的線索，會透露給我更多的資訊？

無論如何，安普梅西神祕案件的實情便是如此。我要再次重申，在我對自己這次調查提出的解釋當中，有部分——甚至可說是很大的一部分——的推理都來自於假設。但是，如果我們想先取得證據和事實再來打擊羅蘋，那麼我們極有可能永遠陷於等待，要不然就是得到羅蘋爲我們預設的證據和事實，讓我們無所適從，失去方向。

我有絕對的信心，有朝一日，當事實浮現的時候，眞相將會和我的推斷密切吻合。

——這就是事情的經過。稍早，伯特雷在羅蘋控制之下，因爲父親遭到綁架而心慌意亂，在短暫的一刻投降認輸，但是到了最後，他仍然無法保持緘默。眞相太美好也太曲折，他掌握的證據既合理又有說服力，他無法扭曲事實。既然全世界都在等待，那麼他當然要說出來。

這篇文章見報的當晚，報社披露伯特雷父親遭到綁架。稍早，在下午的三點鐘，伊席鐸就接到瑟堡發來的電報，得知了這個消息。

譯註：

①原為亞森・羅蘋系列中四幕劇的劇本創作，後亦改編為小說。

chapter 5

追蹤

羅蘋這次反擊的力道之強，讓年輕的伯特雷極爲震驚。事實上，他就是順從了體內那股無法抗拒的衝動，置謹愼於不顧，才會逕行發表自己的文章。其實他並不相信父親有可能遭到綁架。他的預防措施萬無一失，在瑟堡的一些朋友不但答應會保護伯特雷的父親，還負責接送，絕對不會讓他落單，甚至，如果要遞交信件給他，也會先行拆閱。不會的，他不可能有危險。羅蘋不過是虛張聲勢，純粹盤算想拖延時間，嚇唬對手罷了。因此，伯特雷沒料到羅蘋會眞的出手。那天下午，從接到通知的那一刻起，他一直無力做出任何反應，整個人處於驚嚇痛苦的情緒當中。唯一讓他撐下去的念頭是：離開巴黎前往瑟堡，自己親眼去查證事情的經過，然後發動攻勢。他先拍了封電報到瑟堡，然後在八點左右來到聖拉薩車站，幾分鐘之後，便搭乘特快車離開。

一個小時之後，他無意識地翻開在月台上買來的晚報，這時才看到羅蘋的信，這封信間接地回覆了伯特雷在早報上發表的文章。

總編輯閣下：

敝人個性中庸樸實，如果生在豪傑輩出的時代，一定默默無聞，我無意造次，只因爲當前萬象無奇，因此才會略受矚目。然而群衆病態的好奇心態應當有所節制，否則豈不流於敗德？倘若世人無法尊重個人隱私，那麼人民的權利又要如何維護？

難道這些人想要得到比眞相更令人垂涎的利益嗎？對我來說，這都是空洞的藉口，也與我無干。既然眞相已然大白，那麼我可以毫無困難地坦白說明一切。是的，聖維隆小姐尚在人世！是的，我愛她！是的，由於沒辦法得到她的愛，我仍然爲情所苦……。我要承認，年輕的伯特雷著實讓人欽佩，他的調查既精準又正確。沒錯，我們同意他的所有觀點，謎團已經消失。但是，這又如何呢？

大家都曾進了我受傷的心靈深處，看到我內心最脆弱的傷口尚在淌血，我只希望，我最隱私的情感和祕密的願望，不會再進一步地暴露在世人惡意的眼光之下。我要求大家還我安寧，以贏得聖維隆小姐的芳心，好讓她忘卻因爲身爲窮困的親戚，而必須忍受舅父和表妹加諸在她身上的萬般傷害——這件事，大家肯定無緣聽說。聖維隆小姐會忘掉這段可憎的過去，所有她想得到的東西，無論是世上最璀璨的珠寶也好，最難到手的寶藏也行，敝人都將雙手奉上。她會得到幸福與快樂，她會愛上我。但是我要再次聲明，我如果想要成功，一定要先得到安寧。這就是我放下武器的原因，爲了這個理由，我親手獻上象徵和平的橄欖枝，寬宏地提醒敵人：拒絕了我的善意，將招致嚴重後果。

有關哈靈頓先生的身分，我也要藉此機會稍作說明。他的眞實身分是美國百萬富翁庫利的祕書，爲人極好，奉命爲庫利先生蒐集可以在歐洲取得的骨董藝術珍品。他誤打誤撞地找上了他的朋友艾堤恩・德・佛德伊克——我們亦可稱之爲亞森・羅蘋，也就是區區在下。透過這條管道，他得知了一項假造的訊息：有位傑佛爾先生想要出讓手上四幅魯本斯的作品，但是這筆交易有個附帶條件，這四幅畫必須以複製品取代，並且不得走漏風聲。此外，這位德・佛德伊克還決定「加碼」，表示傑佛爾先生也同意出售古老的小教堂。這原本會是一樁皆大歡喜的交易，德・佛德伊克値得信賴，哈靈頓先生也展現出純眞的信賴。結果，魯本斯的畫作和小教堂的石雕運到了安全的場所，而哈靈頓先生卻進了監獄。放了這位不幸的美國人吧！在整起事件當中，他不過是個倒楣的受害者罷了。該遭受譴責的反而是百萬富翁庫利先生，因爲他擔心惹上麻煩，眼睜睜看著自己的祕書遭到警方逮捕，竟然沒有出面抗議！此外，我還要請讀者爲德・佛德伊克先生——也就是在下——高聲喝采，他爲各位受到冒犯的道德良知討回了公道，決定收下這位讓人不齒的庫利先生預付的五萬法郎訂金。

以上說明若是太過冗長，尚祈總編輯先生見諒。

亞森・羅蘋敬上

伊席鐸謹慎周密地研讀羅蘋的這封信，程度恐怕不亞於他研究「空心針」紙條的態度。他秉持一個原則，而且這個原則的正確性很容易證實。他認爲羅蘋絕對不會白費力氣，若無特殊的目的，不是爲有朝一日絕對會發生的事件預作準備，羅蘋不可能寄出典型的逗趣信件給報社。那麼，這封信的動機是什麼？他爲什麼要告白，說出自己愛上了蕾夢小姐，但卻沒有得到回應？這就是該探討的重點嗎？難不成重點是羅蘋對於哈靈頓先生的解釋，或是說，羅蘋還有其他的言外之意，他想表達的是某些狡猾、扭曲、引人誤解的想法……

年輕的伯特雷在車廂裡沉思了好幾個鐘頭，心情止不住焦躁。這封信不但讓他滿心疑竇，而且，似乎還是針對他個人而來，目的在於誤導他。他發現自己與敵人並不是以武力正面對擊，而是以一種曖昧不清又難以定義的方式交戰，這讓他首次清楚地感覺到恐懼。此外，伯特雷一想到慈愛的父親因爲他而遭到綁架，不禁痛苦地自問，如果他堅持繼續這場完全不平等的對抗，是否爲明智之舉。結局還不夠明確嗎？羅蘋不是早一步奪標了？

薄弱的意志並沒有持續太久！當他在凌晨六點踏出車廂的時候，幾個小時的睡眠足以讓他恢復精力，也重新拾起信心。

佛羅貝瓦在女兒——十二、三歲的小夏洛特陪伴之下，來到月台迎接伯特雷，這位熱心的兵工廠員工負責保護老伯特雷的安危。

「情況如何？」伯特雷大聲問道。

這個正直的男人開始低聲咕噥，伯特雷打斷他的話，拉他來到附近的小咖啡館裡，點了杯咖啡，在佛羅貝瓦還來不及改變話題之前，就直接切入正題。

「我父親不可能被綁走，對吧？」

「是不可能。但是，他失蹤了。」

「那是什麼時候的事？」

「我們不知道。」

「怎麼會！」

「真的不知道。昨天早上六點鐘的時候，我看他沒下樓，便去拉開他的房門，結果他人不在裡面。」

「但是他前天還在？」

「是的，前天他沒離開過房間。他有點累，所以夏洛特送了午餐進房裡讓他用，接著在晚上七點的時候送了晚餐。」

「所以，他消失的時間應是介於前天晚上七點到昨天早上六點之間囉？」

「對，就是前天晚上。只是……」

「只是什麼？」

「嗯……只是沒有人能在晚上走出兵工廠。」

「這麼說，他沒有離開。」

「不可能！我和朋友找遍了整個軍港。」

「如果是這樣，那他就是出去了。」

「不可能的，到處都有人看守。」

伯特雷想了想，才接著說：「房間裡的床鋪上，被單有翻開來嗎？」

「沒有。」

「房裡整齊嗎？」

「是呀，他的菸斗、菸草和正閱讀的書都放在原位，翻開的書頁之間甚至還夾著一張您的照片。」

「給我看看！」

佛羅貝瓦將照片遞過來。伯特雷十分驚訝，他認出這張快照裡的自己，雙手插在口袋裡，站在廢墟和樹林之間的草坪上。佛羅貝瓦補充了一句：「這應該是您最近剛寄給他的照片吧！瞧，後面還寫了日期……四月三日，以及攝影師的名字R・德・瓦和拍照地點『獅城』，大概是靠海的獅城吧！」

伊席鐸翻到照片背面，上面寫的註記是他的字跡：R・德・瓦——三・四——獅。

他靜靜地看了好幾分鐘，然後說：「之前，我父親沒把這張照片拿給你們看嗎？」

「沒有……我昨天看到照片的時候，也覺得很奇怪，因爲您的父親老是將您掛在嘴邊！」

大家又沒說話，這次的沉默維持了好一會兒。佛羅貝瓦囁嚅地說：「我在工廠裡還有事……我們大概也該回去……」

他沒有繼續說下去。伊席鐸的眼光沒有離開照片，不停地反覆檢視。最後，這個年輕人終於說：「市郊哪個地方是否有個叫做『金獅』的小旅館？」

「有，離這裡大概還不到四公里。」

「是往瓦隆尼的方向，對吧？」

「沒錯，正是在往瓦隆尼的路上。」

「哈！我有足夠的理由相信這間小旅館就是羅蘋黨羽的總部。他們應該就是在那個地方，和我父親搭上了關係。」

「怎麼可能！您的父親沒和別人說過話，也沒和任何人見面。」

「他沒和別人見面，這個人是透過了某個中間人。」

「您有什麼證據？」

「這張照片。」

「但是，這不是您的照片嗎？」

「是我沒錯，但不是我寄出來的，我甚至不曉得有這麼一張照片。這張照片，是有人趁我不注意的時候，在安普梅西廢墟拍下來的。這個人一定是菲爾法官的書記官，也就是——您知道的，是羅蘋的共犯。」

「所以呢？」

「這張照片是通關證件，這些人藉由這張護身符贏得了我父親的信任。」

「會是誰呢？會有誰能滲透進我的家裡？」

「我不知道，但是，我父親一腳踩進了這個陷阱裡。有人告訴他我就在附近，並且要他到金獅旅館和我見面，而父親不疑有他。」

「不可思議！您怎麼能確定——」

「很簡單。有人模仿我的筆跡，在照片背面寫下見面的地點：往瓦隆尼的路上，三點四公里，獅子旅社。我父親赴約，接著便遭綁架，這就是事情的經過。」

「這樣啊，」佛羅貝瓦驚呆了，喃喃地說著：「是這樣啊……我承認事情可能眞的如您所說的這樣，但是……這還是無法解釋他要怎麼在夜裡走出兵工廠。」

「他是白天出去的，等到了晚上，才到相約的地點碰面。」

「眞是的！但是，他前天整個白天都沒離開房間啊！」

「一定有方法可以確認這件事，快點，佛羅貝瓦，快到港口把前天下午當班的警衛找出來……動作要快，要不然您就找不到我了。」

「您要離開嗎？」

「對，我要搭火車離開。」

「怎麼著！但是您不知道……您的調查——」

「我的調查結束了，我大致找出了我想要的答案。一個小時之後，我就要離開瑟堡。」

佛羅貝瓦站起身來，他目瞪口呆地看著伯特雷，猶豫了一下才拿起帽子。

「走吧，夏洛特！」

「不，」伯特雷說：「我還需要一些資料，讓她留下來陪我，我們要聊一下。我從她小時候就認識她了。」

佛羅貝瓦離開，留下伯特雷和小女孩單獨留在小咖啡館裡。過了好幾分鐘，一名侍者進來端走咖啡杯，然後又消失了蹤影。

年輕的伯特雷和小夏洛特四目相接，伯特雷輕柔地伸手蓋住小女孩的手。她慌亂地盯著他看了兩、三秒鐘，似乎快喘不過氣來；接著，她突然把頭埋進彎起來的手臂之間啜泣。

他讓她哭了一會兒，才說：「是妳做的，對吧？妳就是負責傳話的中間人，把照片拿給我父親的也是妳，對吧？妳承認了，是不是？當妳向大家說我父親前天都待在房間裡的時候，妳知道事實並非如此，因爲妳幫忙我父親悄悄離去……」

她沒有說話。伯特雷對她說：「妳爲什麼要這麼做？他們一定是給妳錢，讓妳去買緞帶、衣服……」

他拉開夏洛特的手，扶起她的頭。這張臉淚痕滿佈，楚楚可憐，和那些無法抗拒誘惑又意志薄弱的女孩沒有兩樣。

「好了，」伯特雷說：「結束了，我們就別再提了，我連事情的經過都不會問。只是，妳得把派得上用場的資訊告訴我！這些人有沒有說什麼讓妳特別注意的話呢？他們究竟是怎麼樣把我父親帶走的？」

她立刻回答：「汽車——我聽到他們提到汽車。」

「他們走哪條路？」

「這個我就不知道了。」

「他們沒在妳面前說出什麼幫得上忙的話嗎？」

「沒有……可是，他們當中有個人說：『別浪費時間……明早八點，在那裡和頭子通電話。』」

「過去哪裡？妳還記得嗎，是不是某個城市呢？」

「對，是個地名……好像什麼堡之類的地方……」

「布里昂堡？還是……堤利堡？」

「不是……都不是……」

「橙堡①？」

「對，就是橙堡！」

伯特雷沒等她說完最後一個字便站起了身子，他沒想到佛羅貝瓦，也沒有顧慮到驚訝地瞪著他看的小女孩，拉開門就跑向車站。

*　　*　　*

「到橙堡……小姐，麻煩您，我要買一張到橙堡的車票……」

「在勒芒斯和杜爾轉車好嗎？」售票員問道。

「顯然是這樣，能最快到達的方式。我可以在午餐前到達嗎？」

「啊，不可能！」

「晚餐呢？還是入夜前？」

「哎，都不行。非要這樣，您得繞到巴黎轉車。巴黎的特快車在八點發車……來不及了！」

還來得及，伯特雷勉強趕得上這班車。

「好極了，」伯特雷摩拳擦掌地說：「我只在瑟堡停留了一個小時，但實在不虛此行。」

伯特雷一點也沒有責怪夏洛特，她雖然容易動搖，有可能做出令人不屑的背叛行爲，但是這些卑微的個性，也讓她容易順著衝動或發自內心的誠意來行事。伯特雷在她驚恐的眼神中窺見出做了錯事的羞愧，以及得以稍作補償的快樂。因此，他一點也不懷疑橙堡就是羅蘋提起的城市，也就是這夥人等待與羅蘋以電話聯絡的地點。

伯特雷一抵達巴黎，就先做好所有的防範措施，以免遭人跟蹤。他感覺到這是嚴肅的時刻，他的方向正確，繼續下去，便能夠找到父親，只要稍有不慎，他的計畫就會毀於一旦。

他先到一位高中同學的家中，一個小時之後，當他走出來的時候，已經變了副模樣。他變裝成一名年約三十的英國畫家，身穿整套咖啡色大格子的外套和短褲，搭配羊毛長統襪和旅行便帽，臉色紅潤，還戴上紅棕色的假鬍子。

他跳上一輛掛有作畫材料器具的腳踏車，騎向奧斯特利茲火車站。

這天晚上，他在依索敦過夜，第二天一大早就騎車離開。他在早上七點鐘來到橙堡的郵局，打算撥電話到巴黎。在等待的時候，他和郵局員工聊了起來，得知在前一天，約莫也是在這個時間，有個身穿司機裝束的人也來郵局打電話到巴黎。

證據到手！他不必再等待。

這天下午，他蒐集到確鑿的證據，得知一輛汽車沿著通往杜爾的公路穿越布桑塞的村鎮中心來到橙堡，車就停在村外的樹林旁邊。十點鐘左右，有人駕駛一輛雙人馬車停到汽車的旁邊，接著沿著布桑塞河谷往南走，這時候駕駛身邊已經多了一個人。至於那輛汽車呢，則是朝著依索敦北上。

伊席鐸簡簡單單地就查出了馬車車主的身分，但是車主表示自己什麼都不知道。他把馬車和馬一起租人，這個人在隔天就來還車。

最後，伊席鐸在這天晚上問到了消息，這輛汽車只路過了依索敦就直接朝奧爾良去，也就是說，往巴黎去了。

藉由這些線索，他推斷出一個結論：老伯特雷八成就在附近。否則這些人何必跑了五百公里的路程，穿過大半個法國來橙堡打電話，然後再折返巴黎？這段長途跋涉一定有明確的目的：將老伯特雷帶到約定的地點。「這個地點在我的掌握之中，」伊席鐸自言自語，燃起的希望讓他情緒激昂，「父親就在四、五十公里之外的地方等著我去拯救他。他就在這裡，和我呼吸著相同的空氣。」

伯特雷立刻著手工作，他拿著一張軍用地圖，在上面劃分出幾個區域，然後一一搜尋。他進到農舍與農夫交談，拜訪了當地的教師、鄉鎮長和神父，也和婦女閒聊。他覺得自己勝券在握，隨時都可能達成目標，而且他的夢想越來越遠大，他不止可以救出父親，還能一舉拯救所有被羅蘋挾持的人，包括蕾夢・聖維隆小姐、葛尼瑪探長和夏洛克・福爾摩斯，或者，有更多的受害者。除了救出這些人之外，他還可以一舉攻入羅蘋的巢穴，羅蘋可能就在這個隱密之處堆放著他從世界各地搜刮而來的寶藏。

但是，經過了兩個禮拜毫無所獲的搜尋，他熱切的心情降到谷底，信心也蕩然無存。由於成功遲遲沒有出現，隨著日子一天天過去，他幾乎要覺得勝利遙不可期。儘管他繼續調查，但是如果眞有什麼發現，恐怕會讓他大感驚訝。

時間沒有停留，日子仍然單調又令人喪志。他在報紙上讀到傑佛爾伯爵帶著女兒離開了安普梅西城堡，定居在尼斯一帶。他還得知哈靈頓先生終於獲釋，他的確是無辜的，吻合了亞森・羅蘋稍早的說法。

伯特雷決定換個地方，到夏特去住兩天，然後在亞祥頓也住了兩天。但是，他依然沒有收穫。到了這時候，他幾乎想要放棄。顯然載走他父親的馬車只走了一部分的行程，接下來的行程則另有交通工具，父親現在一定在很遠的地方。伯特雷打算離開此地。

然而，在某個星期一的早晨，他收到巴黎轉寄過來的一封信，信封上未貼郵票。看到信上的筆跡，他激動到難以自持，過了好幾分鐘依然不敢拆信，因爲他怕自己會失望。他的手止不住發抖，可能嗎？這會不會是可惡敵人所設下的陷阱？他斷然拆開信封。這的確是父親的來信，是他親筆寫下的，一筆一畫都有他熟悉的特色。信上寫著：

親愛的兒子，我寫下的這幾行字能安然地送到你的手中嗎？說實在的，我不抱期望。他們劫走我的那天，我們搭了整夜的汽車，然後到了隔天早上，又換乘馬車。我什麼也沒看見，因爲我的眼睛被矇了起來。我被監禁在一座城堡裡，根據建築形式和公園裡的植栽來看，這座城堡應位在法國中部。我的房間在三樓，有兩扇窗户，其中一扇窗外爬滿了濃密的紫藤花，幾乎看不到外面。我在每天下午都有幾個小時的自由活動時間，可以在花園裡散散步，但是仍然受到監視。

我找了機會寫下這封信給你，心想，也許哪天有機會，可以包塊石頭丟出牆外，說不定會有農夫撿到。你別擔心了，這裡的人都很尊重我。

愛你又不忍連累你擔心的老父親

伯特雷筆

伊席鐸仔細研究郵戳，上面的字樣是位於安得爾省的庫席翁。安得爾省！這幾個星期以來，他就是在安得爾省境內努力不懈地搜索啊！

他掏出從不離身的小本指南書翻看。庫席翁，位於艾古榮縣地區……他去過這個地方！

爲了謹慎起見，他換掉一身英國裝扮——這附近已經有人開始熟悉他這身打扮了，然後喬裝成工人，來到庫席翁。這個村莊規模不大，他應該不難找出寄信的人。

果不其然，好運很快就來眷顧他。

＊　＊　＊

「上星期三投遞的信？」村長問道。

村長是個受人尊重的中產階級，看到伯特雷來尋求協助，立刻伸出援手。「嗯，我應該可以提供一個明確的線索……星期六早上，我在村邊碰到磨刀匠夏黑爾老爹——省裡的市集他大概全跑遍了，他問我：『村長，請問您，沒貼郵票的信可以寄嗎？』我說：『當然囉！』『到得了目的地嗎？』『應該可以，只是要付額外的稅金就是了。』」

「這位夏黑爾老爹住在哪裡？」

「就在小山丘上，他一個人住……就在那裡，靠近墓園的舊房子裡。您要我陪您過去嗎？」

山丘上只見這一棟舊房子，房子位在果園中間，四周都是高大的樹木。他們走進果園，三隻喜鵲嚇得從綁著看門犬的狗窩裡飛了出來。他們越走越近，但是狗兒不但沒吠，也沒有動靜。

伯特雷十分驚訝，他靠上前去，發現狗兒側躺著，四肢僵硬，顯然已經死了。

他們急急忙忙跑向屋子，看到大門敞開。

兩個人走了進去。在一間低矮又潮濕的房間深處地上有塊破舊的草席，上面橫躺著一個衣著整齊的男人。

「夏黑爾老爹！」村長大喊：「他死了嗎？他也死了嗎？」

老爹的雙手冰冷，臉色異常蒼白，但仍有微弱又緩慢的心跳，身上也看不出任何傷口。

他們試著叫醒他，卻毫無成效，於是伯特雷去找了醫生過來。醫生也沒能讓老爹醒過來，老爹看起來並沒有痛苦的表情，就好像睡著了一樣，但是這個睡眠像是人爲的，有可能是催眠，也可能是吃了迷藥之後陷入昏睡。

第二天晚上，伊席鐸在看護老爹的時候，注意到他的呼吸逐漸恢復了平穩，整個人也彷彿掙脫了讓他麻痺的隱形束縛。

到了清晨，老爹終於醒了過來，而且還能正常飲食和走動。但是他一整天都不曾開口回答伊席鐸任何問題，他的頭腦似乎還處於無法解釋的遲鈍狀態當中。

又過了一天，他向伯特雷發問：「您在這裡做什麼？」

他這時才發現有個陌生人陪在自己身邊。

就這樣，老爹漸漸地恢復了意識。他開始說話，訂定計畫，不過當伯特雷問起昏迷之前的事，他卻表現出無法理解的態度。

而伯特雷也認爲老爹眞不知情，他把星期五之後的事情全忘得一乾二淨，彷彿他的日常生活突然出現了一道裂縫。他說出自己在星期五上午和下午做過的事，在市集裡的交易，在小飯館裡吃的食物，接下來呢……什麼都沒有了……他以爲自己是在那個星期五的隔天醒過來。

這對伯特雷來說，無疑是個天大的壞消息。伊席鐸的父親在花園裡等待兒子前來相救，而眞相就在這裡，這位夏黑爾老爹親眼看見了花園外的圍牆，親手撿起那封信，混亂的腦袋裡記下了場景的位置和外觀，知道這齣戲在世界上的哪個角落上演。真相就在咫尺之外，然而他卻無法從這雙手、這雙眼睛和這個腦子裡搜出可信賴的記憶！

哎！在這道無形的巨大阻礙之下，他的努力猶如白費。這道由老爹的沉默與遺忘所造成的阻礙，毫無疑問，正是羅蘋的操作手法！百分百是羅蘋！他一定是知道了伯特雷老爹試圖給兒子發訊息。再說，也唯獨羅蘋有能力抹滅夏黑爾老爹的關鍵記憶，讓他無法說出不利的證詞。這和伯特雷自己感覺到行蹤暴露無關，也無關乎羅蘋是否得知他的祕密行動，或是知道他收到了父親的來信，才會針對他做出反擊。重點是，羅蘋展現出他的深謀遠慮與聰明才智，儘管夏黑爾老爹僅是路過，羅蘋還是要事先排除潛在的危機，以免老爹指認出他的巢穴！現在，沒有任何人知道在哪幾堵牆後面的花園裡有個人質等待救援。

眞的沒有人嗎？有的，伯特雷。就算夏黑爾老爹說不出來，我們還是能找出他到了哪些市集，合理地推斷出他走哪條路線回家。也許，就在這段路上，伯特雷能夠找到⋯⋯

之前，伊席鐸一定先做好萬全的準備才敢進到夏黑爾老爹的屋子，以免讓對手提高警覺。而現在，他決定根本就不要回去。他四處打探，得知星期五是菲瑟林的市集日，菲瑟林這個村莊的規模不算小，離此地大約有十多公里的路程，除了有寬闊的大馬路直達之外，也有蜿蜒的捷徑可通。

星期五這天，他選擇沿著大馬路前往菲瑟林，但卻沒有發現任何值得注意的地方。他沒看到高牆，也沒有古老城堡的蹤影。他在菲瑟林的小客棧裡解決午餐，正當他打算離開的時候，突然看到夏黑爾老爹推著小小的磨刀車穿越廣場，他立刻遠遠地跟上。

老爹沿途停下兩次，磨了十多把刀子。接著，他終於選擇了一條完全不同的路，朝克羅頌和艾古榮的鬧區前進。

伯特雷沿途跟蹤，但是走了還不到五分鐘，他就發覺自己不是唯一跟蹤老爹的人。他和老爹之間還夾著另一個人。這個人隨著老爹走走停停，但是沒有特別注意是否有別人跟隨在後。

「有人盯著老爹，」伯特雷心想，「也許他們想知道他會不會在城牆邊停下腳步……」

他的心跳加速，馬上就會有狀況發生了。

這三個人，一個跟在另一個身後，上上下下走在鄉下的斜坡上，終於來到了克羅頌。夏黑爾老爹在這裡停留了一個小時，接著，他往下走向河谷，走小橋渡過了河。這時候，有件事讓伯特雷吃了一驚。他發現另一個男人並沒有跟著老爹到河的對岸去，而是目送老爹離開，直到老爹走出他的視線以外之後，才踏上另一條小徑穿過野地。怎麼辦？伯特雷猶豫了幾秒鐘，隨後斷然下了決定：他要跟蹤這個男人。

「他一定是確定夏黑爾老爹往前直走了，」伯特雷心想，「所以才放心地離開。他要去哪裡？去城堡嗎？」

馬上就要命中目標了，這讓伯特雷欣喜若狂！

男人穿過河岸上方一片陰暗的樹林，接著又出現在光線下方的小徑上。當伯特雷也跟著穿越樹林來到小徑之後，卻不見男人的身影。他放眼搜索，突然驚呼一聲，往後退了一步，回到方才那片小樹林旁邊。他的右邊有好幾道高聳的城牆，牆邊有排列規律的巨大扶垛支撐。

就是這裡了！

在這裡！關住父親的就是這幾道牆！他找到亞森・羅蘋監禁人犯的祕密巢穴了！

他不敢再離開林木濃密枝葉形成的庇蔭，改用幾乎匍匐貼地的方式，慢慢地爬向右側的小山岡，這個位置和旁邊的小樹林頂幾乎等高。城牆雖然更高，但是，他從這個位置可以瞥見城牆內的城堡屋頂。這是一座路易十三時代的古老城堡，中央最高的尖塔周邊環繞著好幾座高聳的小鐘塔。

這天，伯特雷按兵不動。他必須仔細籌劃，並且預作準備，不容許任何差錯；他從羅蘋身上學到了這一點，這回，輪到他來選擇進攻的時間和方式。於是，他轉身離開。

他在橋邊碰到兩名提著牛奶桶的農婦，他開口招呼：「請問，小樹林後面的那座城堡叫什麼？」

「那座城堡啊，叫做針堡。」

他本來只是隨口問問，沒想到卻聽到如此令人震驚的答案。

「針堡……啊！……我們這是在哪裡，不是安得爾省嗎？」

「當然不是啦，安得爾省在河對岸，這裡是克勒茲省②。」

伊席鐸只覺得頭暈目眩。針堡！克勒茲省！空心針！這不是紙條上的關鍵字眼嗎？他絕對可以贏得最後的勝利！

他沒再說話，轉身背對兩名農婦，像個醉漢般腳步蹣跚地走離。

譯註：

①Châteauroux，亦譯為沙托魯，為安得爾省（Indre）之省會。

②與「空心」（Creuse）同字。

chapter 6

歷史上的祕密

伯特雷當下決定：他要單獨行動，事先照會司法單位太危險了。此外，由於他只能夠提出假設，他擔心檢警反應緩慢，口風不緊，還有預先要準備的程序，羅蘋一定會在中途接獲通報，從容撤退。

第二天早上八點一到，他便將行李夾在胳膊下，離開庫席翁附近這間他下榻的旅社，躲進最近的草叢裡脫掉工人衣服，換回年輕英國畫家的行頭，然後去拜訪艾古榮縣——這一帶最大的城鎮——的公證人。

他表示自己很欣賞這裡的環境，如果能找到適合的住處，他想帶著雙親一起住下來。於是公證人建議了幾個地方。伯特雷接著說出自己聽人提起過克勒茲省北部的針堡。

「是有這麼一個地方。針堡的所有人恰巧是我的客戶，他買下五年了，還不打算賣。」

「他住在城堡裡嗎？」

「是的，喔，應該說是他母親本來住在那裡。但是老夫人覺得城堡有些太冷清，不是很喜歡，因此在去年搬走了。」

「現在沒有人住嗎？」

「有，有個義大利人住在那裡。我的客戶把城堡租給安佛雷迪男爵避暑。」

「啊！安佛雷迪男爵，是不是那位態度嚴肅的年輕人——」

「這我就不知道了……我的客戶直接與男爵接洽。他們沒有定契約，只透過書信……」

「但是，您認識這位男爵嗎？」

「不認識。他從來不離開城堡，好像有時候會在夜裡搭乘汽車出來。有個老廚師負責打理城堡裡的雜貨和糧食，他從來不和人說話。那兒盡是些奇奇怪怪的人。」

「您的客戶打算出售城堡嗎？」

「我想是不會，針堡是一座有歷史意義的城堡，建築是標準路易十三時代的風格。我的客戶很重視這座城堡，當然，除非他改變主意……」

「您可以把他的名字告訴我嗎？」

「路易・瓦梅拉斯，地址在塔伯山街三十四號。」

伯特雷到最近的火車站搭車前往巴黎。他三次造訪，一直沒有找到瓦梅拉斯，到了第三天，才終於見到這位先生。瓦梅拉斯年約三十，面容開朗，看起來十分友善。伯特雷認爲沒必要拐彎抹角，於是直接自我介紹，說明自己的來意和計畫。

「我有足夠的理由相信，」他說出了結論：「我的父親和其他的受害者一起被拘禁在針堡裡。我來這裡，是想請教您是否熟識安佛雷迪男爵。」

「稱不上熟稔。我去年冬天於蒙地卡羅認識了這位安佛雷迪男爵，他在偶然的機會下得知我是法國某座城堡的主人。他一直想到法國避暑，因此才提議租下針堡。」

「他是不是相當年輕？」

「他留鬍子嗎？」

「沒錯，雙眼炯炯有神，有一頭金髮。」

「有的，兩撇長鬍子垂到領口。他的後扣式假領很像神職人員的領子。其實，男爵看起來有點像個英國牧師。」

「就是他！」伯特雷喃喃地說：「我看到的就是他，他的長相就是這樣。」

「什麼！您覺得……」

「是的，我相信您的房客就是亞森・羅蘋本人。」

路易・瓦梅拉斯對這個故事甚感興趣，他聽說過羅蘋所有的冒險故事，也知道羅蘋和伯特雷之間的對決。他摩拳擦掌地說：「這下子，針堡馬上就要聲名大噪了！這倒是好，其實，自從我的母親不住之後，我就一直想找個機會把城堡賣掉。在這件事之後，我一定能找到好買家。只是……」

「只是什麼？」

「我想請您務必謹慎小心，不要把這件事告訴警方。想想看，萬一我的房客不是羅蘋，那該怎麼辦？」

伯特雷說出自己的計畫：他會在夜裡獨自行動，爬過城牆，然後躲在花園裡。

路易・瓦梅拉斯立刻阻止他。

「城牆太高，不容易爬進去。而且如果您進到花園，裡面還有兩頭兇狠的看門犬。這兩隻狗是我母親養的，她離開以後，還把狗留守在城堡裡。」

「這個啊，只要在肉丸子裡加點藥——」

「嚇，還眞感謝！好，就算您躲得過這兩隻狗，接下來呢？您要怎麼進到城堡裡面？城堡的大門又厚又重，窗戶裝了鐵欄杆。還有，進了城堡之後，誰要負責帶路？裡面有八十個房間哪！」

「沒錯，但是我要找的房間有兩扇窗，在三樓。」

「我知道您說的是哪一間，我們稱這個房間爲『紫藤房』。但是您怎麼找得到？城堡裡有三座樓梯，走廊就像迷宮一樣。就算我爲您說明路徑，您還是會迷路。」

「那就和我一塊去吧！」伯特雷笑著說。

「不可能的。我答應過母親，要到南部去和她會合。」

伯特雷回到接待他留宿的朋友家裡，投入他的準備工作。到了傍晚，就在他準備離開的時候，瓦梅拉斯過來找他。

「您還要我作陪嗎？」

「怎麼不要！」

「那好，我陪您一起去。您的冒險行動太吸引人、太有趣了，而且，如果能夠插手，想必很好玩。再說，我絕對幫得上忙。來，您看，這就是個好的開始。」

他掏出一把老舊又鏽蝕的大鑰匙。

「這把鑰匙可以打開——」伯特雷問道。

「可以打開兩座扶垛之間的祕密小門。這扇門已經有好幾個世紀沒打開過了，我想，我的房客應該不知道城牆有這麼一扇門。這扇門的外面是一片田野，就在樹林邊上。」

伯特雷立刻打斷他的話。「他們知道這個出入口，我上次跟蹤的人顯然就是從這扇門走進花園裡的。走吧，這場遊戲會很精采，我們贏定了。但是，注意了，我們可是棋逢敵手呢！」

*　　*　　*

兩天之後，一匹瘦骨嶙峋的馬兒拖著一輛波希米亞篷車來到克羅頌，馬車夫取得同意，將篷車停在村尾一處廢棄的車棚裡。篷車上除了馬車夫——別無他人，正是瓦梅拉斯——之外，還有其他三名年輕人忙著編織柳藤椅，他們分別是伯特雷以及他在詹生塞利中學的兩名同學。

他們在舊車棚裡住了三天，等待適合出擊的黑夜，在行動之前，他們分頭在花園附近閒逛。有一次，伯特雷瞥見了小門的位置。這扇小門在兩堵位置相鄰的扶垛之間，藏在帶刺的藤蔓後方，和城牆上的砌石紋路幾乎成爲一體。到了第四天晚上，天空終於滿佈烏雲，瓦梅拉斯決定前去城堡勘查，萬一情況不對，再原路折返。

這四個人一起穿越了小樹林，伯特雷在石南叢中匍匐前進，被荊棘刺傷了手，接著，他半蹲起來，謹慎地將鑰匙插入鎖孔內緩緩轉動。這扇門會不會隨著他的動作打開？門的另一面會不會插上門栓？他輕輕往前推，小門跟著打開，沒發出任何聲響。他進到了花園。

「您已經進去了嗎，伯特雷？」瓦梅拉斯問道。「等等我！兩位朋友，你們守著門，別讓我們斷了退路。如果有什麼風吹草動，吹聲口哨示警。」

他拉住伯特雷的手，兩個人一起潛進樹葉的陰影當中。來到中間空曠的草坪之後，他們的視線豁然開朗。就在這個時候，正好有一道月光穿過雲層，他們看到城堡和圍繞著中央細高尖塔的小鐘樓，毫無疑問的，「針堡」這個名稱必定是由此而來。所有窗戶都沒有透出光線，四周一片寂靜無聲，瓦梅拉斯緊緊抓住同伴的手臂。

「別說話。」

「什麼？」

「兩隻狗就在那裡……您看到了嗎？」

他們聽到狗吠，瓦梅拉斯輕輕吹聲口哨，兩團白色的影子跳了過來，乖乖地蹲伏在主人腳邊。

「乖，好狗兒……躺下，聽話，不要動……」

接著，他對伯特雷說：「我們繼續前進，現在我放心了。」

「您記得怎麼走嗎？」

「記得，我們就在露台旁邊。」

「接下來呢？」

「我記得在露台左邊有個比較高的位置可以看到河水，從這個位置伸出手可以搆到一樓的窗戶，那裡有一扇護板一向關不牢，從外面就可以拉開。」

的確沒錯，當他們來到這個窗口的時候，稍微一用力，就把窗戶外側的護板拉開了。瓦梅拉斯掏出一把鑽刀劃開窗玻璃，接著拉開裡面的窗栓，然後兩個人一前一後地跨過陽台。這次，他們潛進到城堡裡面。

「我們現在的位置，」瓦梅拉斯說：「是走廊盡頭的房間。再過去有個很大的門廳，裡面擺了不少雕像，門廳尾端的樓梯可以直通您父親的房間。」

他往前走了一步。

「您要一起來嗎？」

「要，當然。」

「可是，您怎麼不跟過來？……您怎麼了？」

他握住伯特雷的手。年輕人的手又冰又涼，接著竟然蹲在地板上。

「您怎麼啦？」瓦梅拉斯又問了一次。

「沒……沒事，一下就好了。」

「究竟是……」

「我害怕……」

「您會害怕！」

「對，」伯特雷老實承認：「我精神衰弱，我通常都可以控制……但是今天，這麼安靜加上我的情緒太激動。自從我被那個書記官刺了一刀之後……但是，一會兒就好了，您看，這不就好了嗎——」

他終於站起身來，瓦梅拉斯拉著他走出房間。他們沿著走廊一路摸索，腳步輕巧到兩個人幾乎沒有感覺到對方的存在。這時，他們的目標——也就是門廳，似乎出現了微弱的光線。瓦梅拉斯探頭去看，原來是樓梯下方有盞夜燈，透過棕櫚葉片，還能瞧見放夜燈的小圓桌。

「停住！」瓦梅拉斯輕聲說。

夜燈旁有個男人在站崗，手上還拿著一把長槍。他看到他們了嗎？也許吧，要不然，一定有什麼事讓他心生警戒，因爲他把槍架到了肩膀上。

伯特雷雙腳一軟，在一盆植物旁邊跪了下來，他不敢輕舉妄動，心臟噗通噗通地跳個不停。這時候，守夜人看四周沒有動靜又放下了槍，但是他的頭還是轉過來，朝花盆的方向看過來。眞是緊張啊，十分鐘，然後是十五分鐘過去了。一縷月光透過樓梯間的窗口往裡面照，突然間，伯特雷注意到月光以難察覺的速度，正緩緩地轉變方向，再過個十幾分鐘，就會直接照在他的臉上。

豆大的汗珠從他的臉上往下滴，落在他抖個不停的雙手上。他緊張到幾乎要站起來逃跑……但是，他想起瓦梅拉斯就在身邊，急忙放眼搜尋，沒想到竟然看到——應該說是模糊地辨認出——瓦梅拉斯的身影在植物和雕像的影子下方匍匐前進，人已經到了樓梯口，再往前幾步，就會爬到守夜男人的身邊。

瓦梅拉斯要做什麼？還是要過去嗎？自己一個人上樓去把人質放出來？但是，他要怎麼過去？這時候伯特雷已經看不到瓦梅拉斯了，他只覺得馬上會有事發生，比方才還要更凝重、更可怕的寂靜，似乎也正在等待。

突然間，他看到一團黑影撲向守夜的男人，夜燈熄了，他只聽到打鬥的聲音……伯特雷跑了過去，發現石板上倒著兩個人。他想要彎腰查看，但是他先聽到一聲呻吟，接著是嘆氣，兩道人影中有個人站了起來，拉住他的手臂。

「快……我們走！」

說話的是瓦梅拉斯。

他們上到三樓，來到一條鋪著地毯的走廊入口處。

「向右轉，」瓦梅拉斯輕聲說：「左手邊的第四扇門。」

兩個人迅速來到房門口。果然不出所料，人質被鎖在裡面。他們花了半個小時的時間，輕聲撬動門鎖。終於，他們打開鎖，走進房間裡。

伯特雷摸黑找到了床，他的父親正在睡覺。他輕輕叫醒父親。

「是我，伊席鐸……有個朋友帶我來。別害怕，您先起來……別說話。」

老伯特雷起身穿上衣服，正要走出房間的時候，他對他們輕聲說：「我不是單獨在城堡裡……」

「啊！還有誰？葛尼瑪還是福爾摩斯？」

「不是……但是，也可能是我沒看到他們。」

「那是誰？」

「一個女孩。」

「一定是聖維隆小姐！」

「不曉得……我在花園裡遠遠地看過她好幾次，還有，我從窗戶探出頭，可以看到她的窗戶……她和我打過招呼。」

「你知道她住在哪個房間嗎？」

「知道，就在走廊上的右手邊第三間。」

「藍房。」瓦梅拉斯低聲說：「房間有兩扇對開的門，比較容易開。」

其中一扇門果然很快就被他們打開。這回，輪到老伯特雷去喊醒女孩。

十分鐘後，他帶著她走出房間，然後對兒子說：「你說得沒錯……這位是聖維隆小姐。」

四個人一起下樓。在樓梯口，瓦梅拉斯先彎腰看了守夜的男人一眼，然後帶著大家走向通往露台的房間。

「他沒死，會活下去。」

「啊！」伯特雷鬆了一口氣。

「他運氣太好，我的刀刃是折起來的，殺不了人的。其實不管怎麼說，對這些人都不必太客氣。」

來到花園之後，兩隻狗跑過來陪著一行人走向小門，伯特雷的兩個朋友守在這裡等候。這一小群人走出花園的時候，已經是凌晨三點鐘了。

對於首場勝利，伯特雷並不覺得滿足。安頓好父親和聖維隆小姐之後，他立刻詢問他們城堡裡住了什麼人，特別是亞森・羅蘋有什麼喜好。他得知亞森・羅蘋大概每三、四天才會來城堡一次，都是晚上搭汽車來，一大早就離開。他每次來到城堡，都會去探望兩名囚犯，而這兩個人一致稱讚羅蘋非常和善，是個彬彬有禮的紳士，只是他這幾天並不在城堡裡。

除了羅蘋之外，他們只見過一名負責煮飯和打理內務的老婦人，另外就是兩個輪流監視囚犯的男人。這兩個人從來不和他們交談，從體格和態度來判斷，他們應該是羅蘋的屬下。

「還是有兩名共犯，」伯特雷作出結論：「加上老婦人的話，應該有三個。機不可失，如果我們動作快——」

他跳上腳踏車，飛快地騎向艾古榮縣的鬧區，叫醒當地警察，要大家立即著裝行動。到了早上八點鐘，他已經領著一名警察隊長和八個警員回到克羅頌。

他們留下兩名警察看守篷車，另外兩個守在小門口，然後隊長帶著四名警員，在伯特雷和瓦梅拉斯的陪伴下朝城堡的正門前進。太遲了！城堡大門敞開著。有個農夫表示自己大約在一個小時之前，看到一輛汽車駛離了城堡。

結果，這次的行動沒有任何斬獲。照情況推斷，這群人應該只是暫時住在這裡。他們找到了幾件衣服、一些床單和雜貨用品，除此之外，什麼也沒有。

最讓伯特雷和瓦梅拉斯感到驚訝的，是那個受傷男子竟然不見蹤影。此外，現場也找不到任何打鬥的痕跡，門廳石板上連一滴血都沒有。

結論是，沒有任何證據足以證實羅蘋曾經到過針堡。如果不是因爲警方在與「藍房」——也就是聖維隆小姐遭到拘禁時居住的房間——相連的房間裡找到半打美麗的花束，而且上面還釘著羅蘋的卡片，那麼伯特雷父子、瓦梅拉斯和聖維隆小姐的誠信恐怕還會遭到質疑。聖維隆小姐將花束棄之如敝屣，任其凋謝，也根本就忘了這件事。一名警察發現花束上除了羅蘋的名片之外，還有一封蕾夢小姐沒讀過的信。當天下午，法官拆開信封，裡面有十張信紙，洋洋灑灑寫滿了爲愛執著卻換得不屑與厭惡的瘋狂言語，充滿讚美、懇求、承諾、威脅和絕望的字句。信上的最後寫著：「蕾夢，我會在星期二晚上回來。請您在這段時間裡好好考慮，我實在無法繼續等待，而且，我的心意已決。」

星期二晚上，正是伯特雷救出聖維隆小姐的時刻。

*　*　*

大家一定猶記得這個毫無預期的轉折爲世人帶來的震驚：聖維隆小姐獲救了！羅蘋爲了心儀的年輕女郎，不擇手段策劃出一連串陰謀，沒想到她竟然逃脫魔爪！伯特雷老爹同樣也重獲自由，羅蘋爲了替自己的滿腔愛意爭取時間，擄來老伯特雷作爲人質，要求休戰。這兩個一度成爲階下囚的人，如今都自由了！

而原本讓大家以爲無法破解的「空心針之謎」，如今清清楚楚地攤開在世人的面前，讓全世界盡皆知曉！

所有的人都樂在其中，爲落敗的冒險家編寫小曲。不管是街頭巷尾或畫室工坊，到處都可以聽到大家傳唱著《羅蘋的愛情故事》、《羅蘋的啜泣》、《墜入愛河的怪盜》以及《竊賊的悲歌》。

群眾和記者鍥而不捨地追問蕾夢小姐，想要問出更多的細節，但是她以最保守的態度回應。然而情書和花束都教她無法否認這段值得同情的故事！羅蘋遭到百般的譏諷和嘲弄，聲勢一落千丈！伯特雷卻成了所有人的偶像，他沒有疏漏任何細節，預先推斷出一切，全都解釋得清清楚楚。聖維隆小姐在法官面前提供的證詞，也確認這名年輕人對綁架案的假設推理完全成立。不管在哪一方面，事實似乎都符合了他稍早的說法，羅蘋只能屈居下風。

伯特雷堅持，要父親在回薩瓦省山區的住處之前，先好好在陽光下休息幾個月，於是他親自帶著父親和聖維隆小姐來到傑佛爾伯爵和蘇姍小姐過冬的尼斯一帶。兩天之後，瓦梅拉斯也帶著母親來和幾個新朋友會合，這一小群人全住在伯爵的別墅附近，由伯爵僱用的五、六名警衛日夜守護。

十月初，伯特雷回到巴黎繼續他的高中生涯，一邊準備考試。生活恢復了正常，這回，一切尚稱平靜，沒有任何突發事件。不過話說回來，還能發生什麼事呢？戰爭不是已經結束了嗎？

羅蘋這方面一定也承認落敗，接受了既成的事實，因爲他的另外兩名受害者——葛尼瑪和福爾摩斯突然現身。只是，群眾對於他們重回人世這件事，並沒有投注太多的熱情。有個撿破爛的人在巴黎警察總局對面的奧費佛爾河堤邊發現了這兩位人士，他們當時手腳被綑縛，陷入昏睡。

過了一個星期之後，他們才從驚嚇的狀況恢復過來，終於可以控制思緒，說出事情的經過——其實，應該是葛尼瑪說出了經過，因爲福爾摩斯陷入自我封閉的情緒當中，態度頑強，默不出聲。原來他們在這段時間裡搭乘一艘名爲「燕子號」的船隻環繞非洲海岸，這段旅程還算愉快，深具教育意義，他們在船上頗爲自由，只有在船隻靠港船員下船的時候，才會被關進船的底艙裡。至於究竟怎麼來到奧費佛爾河堤，他們則表示自己完全不記得，顯然是在上岸前就連續昏睡了好幾天。

羅蘋釋放這兩個人，無疑是承認自己的失敗，他放棄了困獸之鬥，乖乖地認輸。

另外一件事讓羅蘋的失敗更顯得轟動：路易．瓦梅拉斯和聖維隆小姐訂下了婚約。近水樓台的契機讓兩個年輕人日漸親暱，對彼此產生了愛意。瓦梅拉斯愛上了蕾夢憂鬱的魅力，而受到命運傷害的蕾夢希冀得到保護，在瓦梅拉斯的殷勤呵護下，臣服於這名拯救者的勇敢與充沛精力。

所有的人都焦急地等待他們的大喜之日。羅蘋難道不會採取行動嗎？他能大方接受永遠失去心愛女人這個事實？曾經有兩、三次，有人看到陌生人在伯爵別墅附近出沒徘徊，甚至在某個夜裡，瓦梅拉斯還必須自我防衛——當時有個自稱喝醉酒的人朝他開了一槍，還好，子彈只射穿了他的高頂帽。這場婚禮終究在預定的日期和時間順利舉行，蕾夢．聖維隆成了路易．瓦梅拉斯夫人。

命運彷彿主動選擇站在了伯特雷的陣線，並且爲他到手的勝利背書。群眾也感覺到了，他們認爲這是值得大肆慶祝的時刻。伯特雷的仰慕者開始鼓譟，打算發起大型晚宴，來慶祝這回壓倒性的勝利。這個絕佳的構想立刻博得熱烈迴響，不到兩個禮拜，就有三百位支持者前來登記。他們還發出邀請函給巴黎各中學的高年級班級，每班可以推派兩名學生出席。報社拚命吹捧，把這場慶祝會說成了不可缺席的完美盛會。

但由於伯特雷是盛宴的英雄人物，因此，這場有趣的餐宴也十分簡單。他的現身，就足以讓一切恢復該有的原貌。他的舉止和平時沒有兩樣，過多的讚譽讓他有些驚訝，聽到大夥兒誇獎他比史上最傑出警探還要幹練的頌揚之詞，他甚至還覺得尷尬——的確是有點困窘，卻難掩感動。他對群眾表達了大家都愛聽的感動之情，在眾人的注目下，不禁像個孩子般地羞紅了臉。他同時也表達出自己的快樂和驕傲。儘管他的個性一向理智又自持，但在這短短的幾分鐘，真的，他還是體會到了一輩子難忘的陶醉時光。他對自己的朋友微笑，也沒忘了詹生塞利中學的同學，特別趕來致意的瓦梅拉斯，以及傑佛爾伯爵和他的父親。

在他說完話，手上還端著酒杯的時候，大廳遠端突然傳來高分貝的說話聲，大家定睛一看，原來是有個人拿著一份報紙揮來揮去。廳裡恢復安靜之後，這個惹人厭的傢伙坐了下來，但是桌邊的人開始好奇地交頭接耳，低語聲蔓延了開來，大家傳閱著報紙，賓客一瞥見翻開的報紙，接下來定是驚呼出聲。

「唸出來！唸出來！」大廳另一邊的人大聲喊。

貴賓席上有人站了起來。老伯特雷走過去取來報紙，然後遞給兒子。

「唸出來！唸出來！」賓客的聲音更響亮了。

另外還有人大聲喊：「仔細聽！他要唸了……大家聽！」

伯特雷站起來面對群眾，看著父親遞過來的晚報，想要找出讓大家如此鼓譟的文章，突然間，他看到一行用藍筆圈起來的標題。他舉起手，示意大家安靜下來，他開始朗讀。這篇文章揭露了令人震驚的內情，讓他所付出的努力被摧毀殆盡，不但撼動了他對「空心針之謎」的推論，同時使得他對亞森．羅蘋的挑戰顯得太過自負。伯特雷的聲音隨著文章內容逐漸變了調。

〈馬熙班先生的公開信，來自純文學暨銘刻文字學院〉

總編輯先生大鑒：

一六七九年三月十七日——我要特別強調一六七九這一年，因爲這明白指出當時的國王是路易十四——巴黎出現了一本小冊子，標題是：

空心針之謎——首次披露的真相

（為揭發宮廷祕辛，敝人自費印刷一百份小冊）

三月十七日早上九點，小冊子的作者親自將這本冊子送交給當時宮廷的達官顯貴。這名年輕的作者衣著體面，但是沒有人知道他的名字。十點鐘，也就是在他送交完四本冊子之後，便遭到禁衛軍隊長逮捕。隊長將他帶到國王的書房，接著立刻離開，去尋找四本已經發出去的小冊子。當一百本冊子找齊，並且經過清點和翻閱確認之後，國王親手將這些冊子丟入火中焚燬，只爲自己留下了一本。接著，他下令禁衛軍隊長將這名作者交給皮聶洛監獄的典獄長聖瑪爾斯。聖瑪爾斯先將這名作者關在自己管理的皮聶洛監獄裡，然後又移到聖瑪格麗特島的碉堡當中。這個囚犯別無他人，正是鼎鼎大名的「鐵面人」。

如果不是人在現場的禁衛軍隊長禁不住誘惑，趁國王轉身的時候從火爐中抽出另外一本尚未遭火舌吞噬的冊子，那麼世人永遠無法得知眞相——至少是部分的眞相。六個月之後，有人在由蓋庸通往芒特的大道上發現了隊長的屍體。凶手將隊長身上値錢的東西搜刮得一乾二淨，卻忘了拿走他右邊口袋裡的一顆寶石，事後證實，那是一顆價値連城的頂級鑽石。

有人在他攜帶的文件中發現了一張他的手稿，手稿上完全沒有提到他從爐火中搶救出來的小冊子，但卻摘要了手冊前幾個章節的內容。——這是個流傳在英國國王之間的祕密，可惜，當約克公爵從可憐的亨利六世手上搶下王位之後，這個祕密便隨之失傳。後來，聖女貞德將這個祕密告訴了法王查理七世。於是，這個祕密成了國家機密，國王將機密寫在信裡代代相傳，一經開啓，就必須重新以蠟印密封住。在歷代國王臨終之前，這封寫著「致法國國王」的信便會出現在床邊。這個祕密攸關一筆鉅額寶藏以及保存的地點，這筆國王寶藏經過幾個世紀的累積，數量與價値越來越驚人。

一百一十四年之後，遭到囚禁的路易十六將負責看管皇室成員的一名軍官叫到一邊，對他說：「先生，你是不是有一位先人曾經擔任過太陽王的禁衛軍隊長？」

「是的，陛下。」

「那麼，你會不會……是不是那種……」

國王面露猶豫，軍官為他接下去說完：「那種不會背叛您的人，陛下！」

「那麼，聽我說。」

國王從口袋裡掏出一本小冊子，撕下最後幾頁當中的一張。但他隨即改變了主意，說：

「不，我還是抄下來好了。」

他拿起一大張紙，撕下一小片正方形的紙條，然後在上面抄下印在小冊子上五行由點號、線條和數字組成的記號。接著，他燒掉印刷的紙張，將手寫的小紙條對摺又對摺，蓋上紅色封蠟，然後交給軍官。

「先生，在我死後，請你將紙條交給皇后，告訴她這是國王要交給夫人的東西，『是要留給陛下和他的兒子。』」

「如果她不明白呢？」

「你再加上一句：『有關針的祕密。』這樣皇后就會懂了。」

國王說完話，便將小冊子丟進熊熊的爐火裡。

一月二十一日，路易十六登上了斷頭台。

由於皇后移監到巴黎古監獄，這名身負重任的軍官一直到兩個月之後，才將紙條轉交給皇后。他透過種種管道，最後終於來到瑪麗・安東妮皇后的跟前。他用只有她聽得見的音量對她說：「皇后，這是先王要交給夫人的東西，是要留給陛下和他的兒子。」

軍官將蓋上封蠟的信交給皇后。

她先確認警衛看不到她，然後拆開封蠟，當她看到幾行無法理解的記號之後，似乎十分吃驚，但接著，卻似乎明白了信裡的含意。她淒涼地一笑，軍官似乎聽到她說：「爲什麼來得這麼晚？」

她猶豫了一下，該把這張危險的紙條藏在哪裡呢？最後，她翻開祈禱書，把紙條夾在書皮和羊皮紙之間的祕密摺袋中。

「爲什麼來得這麼晚？」

這張紙條有可能救得了她的命，只可惜來得太晚，因爲在接下來的那個十月，輪到瑪麗・安東妮走上了斷頭台。

另一方面，當這名軍官在整理家族文件的時候，發現了曾祖父——也就是路易十四的禁衛軍隊長——手寫的筆記。從這一刻開始，他僅存一個念頭，就是要把所有的時間都用來解開這個神祕謎團。他讀了所有拉丁文著作，翻遍法國和鄰近國家的編年史，拜訪修道院，查閱帳冊、契據文件和稅徵契約，但是只在不同的時代找到零散的引述。

凱撒大帝在《高盧戰記》第三卷中曾經提到，當薩比努斯帶領軍團打敗維里多威克斯之後，把維里多威克斯帶到了凱撒面前，為了贖身，這名卡列特領袖說出了空心針的祕密。人稱「糊塗查理」的法蘭克王查理三世和維京人首領羅洛簽下了《聖克萊埃普特條約》，把土地劃給羅洛，讓他成了「空心針」的主人。

《薩克遜編年史》（吉卜森版，第一百三十四頁）中，提到「征服者」威廉曾經說他軍旗的旗桿尖端有個孔眼，就像針孔一樣。

聖女貞德在審訊時曾經含糊不清地承認自己有個祕密要告訴法國國王，當時負責審訊的法官回答：「是的，我們知道妳在說什麼，貞德，這也就是妳必須赴死的原因。」

好國王亨利四世有時候會拿「以空心針之名！」來發誓。

在此之前，弗朗索瓦一世於一五二〇年，在一場對哈佛港地區貴族發表的演說當中曾經說過一句話。這句話由一名翁佛勒的中產階級在日記中寫了下來：「法國的諸多國王掌握了許多祕密，這些祕密足以左右國家大事和城市的命運！」

總編輯先生，這些引述的文句，這些與「鐵面人」相關的記載，以及禁衛軍隊長和其曾孫的故事，都是我在一本出版於一八一五年六月——也就是在滑鐵盧戰役的前後——的小冊子中讀到的。這本小冊子的作者就是禁衛軍隊長的曾孫，在那個動盪不安的時代，他揭露的故事確有可能為世人忽視。

這本小冊子有什麼價值？您可能會說：一文不值，而且也不值得重視。剛開始，我也是這麼想，但是我翻開《高盧戰記》，卻驚訝地找到了小冊子中引述的段落！查閱了《聖克萊埃普特條約》、《薩克遜編年史》、聖女貞德的審訊文件之後，我也有同樣的發現。總而言之，到目前爲止，這些資料都能查得到。

我還有最後一項重點要提，一八一五年這本小冊子的作者還詳盡敘述了一件事。戰爭期間，他在拿破崙麾下擔任軍官，某夜，他騎著疲憊不堪的馬兒來到某座城堡，當時一名聖路易老騎士接待了他。他和老人聊天，由閒談之中得知這座位於克勒茲河畔的針堡是由路易十四下令興建的，也是由他命名。當時路易十四還下了急令，要求城堡必須以細長的小鐘塔來襯托像尖針一樣的主塔。至於城堡興建日期呢，應該是在一六八〇年。

就在一六八〇年的前一年，「鐵面人」出版小冊子，然後被關進監獄。這眞是太合理了，路易十四猜到祕密總有一天會被人揭開，於是下令興建一座城堡，並且親自命名，讓多事之士能夠爲這個謎團找出最順理成章的解釋。「空心針」？不就是有細長鐘塔，位在克勒茲河邊的城堡嗎？如此一來，大家就會以爲謎團已經釐清，不會繼續調查！

這套計謀果然奏效，因爲，在兩個多世紀之後，伯特雷先生一腳踩進了陷阱。總編輯先生，我就是爲此才提筆寫下這封信。如果羅蘋假借安佛雷迪男爵之名向瓦梅拉斯先生租下了克勒茲河畔的針堡，如果他在裡面監禁了兩名囚犯，如果他在伯特雷先生這番必然的調查之後願意承認失敗，那是因爲：他想要換得自個兒稍早所要求的安寧，才會布局讓伯特雷先生跳入這個所謂路易十四的歷史陷阱當中。

因此，我們可以得到一個無可否認的結論，那就是亞森・羅蘋手上的資訊和所有的人都一樣，但是他透過非比尋常的智慧，成功解開了這道難解之謎。亞森・羅蘋會成爲法國國王最後的繼承人，掌握空心針這個皇室之謎。

——文章就此完結。不過在幾分鐘之前，當文章提到針堡的時候起，朗讀者已不再是伯特雷。他瞭解到自己的慘敗，承受不住打擊和羞辱，於是丟下了報紙，癱坐在椅子上，用雙手捂住臉。群眾屏氣凝神聆聽這個令人難以置信的故事，興奮地往前靠，幾乎全圍到了伯特雷的身邊。大家焦急地等待他開口回應，要聽他如何反駁。

但是他一動也沒動。

瓦梅拉斯輕輕拉開伯特雷的雙手，抬起他的臉。

伊席鐸・伯特雷正在落淚。

chapter 7

「針」的專書

凌晨四點了，伊席鐸沒有回到詹生中學。在這場他向羅蘋宣戰且絕不留情的爭鬥尚未結束之前，他不會返回學校——當朋友開車載他離開的時候，疲憊又憔悴的伊席鐸對自己這樣暗暗地發誓。這個誓言太不理智了！這場戰爭既荒謬又毫無道理可言！他，一個手無寸鐵的少年，要怎麼對抗這股強大勢力呢？如果羅蘋是打不倒的，那麼伊席鐸要怎麼出擊？如果對手無比堅強，要怎麼去傷害他？羅蘋一向神龍見首不見尾，伊席鐸要怎麼找出他的行蹤？

凌晨四點……伊席鐸又一次接受了詹生中學同校生的好意，住在同學家裡。他站在臥室的壁爐邊，把手肘架在大理石爐台上撐住下巴，盯著自己在鏡子裡的倒影。

他的淚水已止住，他不願再哭，不願輾轉難眠，也不願意再像過去兩個小時以來一樣頹廢喪

志。他要思考，先思考，然後去瞭解。

他的目光停留在鏡中自己的雙眼上，似乎想藉由凝視著沉思的鏡中人來加強思考能力，並且在影像中挖掘出自己沒辦法找到的答案。到了凌晨六點，他仍然保持這個姿勢。漸漸地，擺脫了錯綜複雜、讓問題本身晦澀難懂的細節之後，這個問題就像是數學方程式一樣精準、清楚地浮現了出來。

他的確是誤判了。是的，他對於紙條所作的解釋是錯誤的。「針」這個字並不是指克勒茲河畔的城堡。同樣的，「小姐」也不是指蕾夢．聖維隆或是她的表妹，因爲紙條上的文字可以追溯到好幾個世紀之前。

這推翻了一切。該怎麼辦呢？

唯一的確實根據，是路易十四時代，由應該是「鐵面人」的作者所印製的一百本小冊子，其中只有兩本逃過焚化的命運。禁衛軍隊長帶走的那一本早已遺失，路易十四保留下來的那本傳到了路易十五的手上，接著被路易十六燒毀。但是最關鍵的一頁抄本留了下來，這張紙就是問題的解答，或者說，至少是加密的答案。瑪麗．安東妮皇后將這張紙條夾進了祈禱書封面的摺袋裡。

這張紙條下落如何？會不會就是伯特雷一度拿到手，之後被書記官布雷杜爲羅蘋搶了回去的紙條？難道這張紙還留在瑪麗．安東妮皇后的祈禱書裡頭？

因此，問題回到了一個重點：皇后的祈禱書哪兒去了？

稍事休息之後，伯特雷決定去請教朋友的父親。這位優秀的收藏家經常被官方單位請去評鑑文物，就在最近，某個博物館的館長還請託他建立館藏目錄。

「瑪麗・安東妮的祈禱書？」收藏家驚呼：「皇后把祈禱書委託宮女祕密送交費森伯爵。伯爵的家族到現在還恭敬地保存著這本祈禱書，這五年以來，一直保存在玻璃展示櫃裡。」

「玻璃展示櫃？」

「就在卡納瓦雷國家歷史博物館裡。」

「博物館會開嗎？」

「二十分鐘後開館。」

*　　　*　　　*

博物館這棟建築在過去是塞維聶夫人的宅邸，館門才打開，伊席鐸和他的朋友剛好跳下車。

「啊，是伯特雷先生！」

伯特雷的身邊約莫有十來個人向他打招呼，他驚訝地認出這群追著「空心針之謎」四處跑的記者。其中有一名記者高聲對他說：「眞好笑，對吧！我們的想法都一樣。小心囉，亞森・羅蘋可能就在我們之中。」

大家一起走進了博物館。館長得知他們來訪，親自出面接待，帶他們來到玻璃展示櫃的前方，這本樸實的小祈禱書毫無任何裝飾，一點也看不出是皇室的財產。大夥兒一想到皇后在人生最後一段悲慘旅程中，曾經淚眼婆娑地親手觸摸這本祈禱書，不禁感傷了起來……沒有人敢拿起祈禱書翻看，擔心自己太過冒犯。

「來，伯特雷先生，這項重責大任就交給您了。」

伯特雷不安地拿起祈禱書。祈禱書完全吻合小冊子作者的描述，書皮發黑又有髒污，有些地方還有使用的磨損痕跡，牛皮紙製作的書皮下，有一層硬質眞皮。

伯特雷顫抖地摸索，想找出隱藏的摺袋！這會不會只是傳說？還是說，皇后將路易十六親手寫下的紙條交給她的仰慕者保管？

祈禱書封面沒有隱藏的摺袋。

「沒有。」他喃喃地說。

「沒有。」大夥兒跟著說，心裡充滿期待。

他稍微壓了一下封底，立刻看到羊皮紙頂端出現了一道縫隙。他伸出手指，輕輕地滑了進去……有！有東西在裡面！是一張紙……

「啊！」他高興地說：「有可能眞的在這裡嗎？」

「快！快一點！」大夥兒高聲說：「您還在等什麼？」

他打開對摺起來的紙條。

「快唸出來啊！上面有紅色的字跡……看……好像血跡啊，好像褪色的血跡，趕快唸吧！」

他唸了出來：「交給您，費森。請留給吾兒。一七九三年十月十六日——瑪麗・安東妮。」

突然間，伯特雷驚呼了一聲。在皇后的簽名下方，還有……還有一行黑墨水花體簽名……亞森・羅蘋。

大家搶著輪流觀看紙條，一樣頻頻驚呼：「瑪麗・安東妮……亞森・羅蘋。」

所有的人都籠罩在一片沉默當中。祈禱書裡夾藏著一張紙條，上面有兩個簽名。這本充滿紀念價值的祈禱書沉睡了超過一百年歲月，透過祈禱書，可憐的皇后送出絕望的呼喊，在一七九三年十月十六日這個可怕的日子，皇后人頭落地，整件悲劇令人哀傷又失措。

有人結結巴巴地說了聲：「亞森……羅蘋！」顯然，在看到了這張神聖紙條下方的魔鬼簽名之後，他也開始恐慌。

「沒錯，是亞森・羅蘋！」伯特雷說：「皇后的朋友顯然沒有明白她臨死前絕望的求救。他所愛的人留給他一件紀念品，讓他一輩子懷念，然而他卻不明白其中的奧祕。羅蘋呢，他不但懂，而且還拿走了。」

「拿走什麼？」

「當然是那張紙條！路易十六親手寫下的紙條，也就是我一度拿在手上的紙條！同樣的紙張，同樣的形狀，同樣的紅色封蠟。我現在知道羅蘋爲什麼不願意讓我留下紙條，因爲光從紙張材質和封印，我就可以推敲出答案。」

「接下來怎麼辦呢？」

「接下來，我已經知道紙條上寫了什麼東西，既然紙條是眞的，既然我也看到了紅色的封蠟，既然連瑪麗・安東妮都親筆證實了馬熙班先生所言屬實，加上空心針眞的是個歷史性的謎團，那麼，我一定會成功。」

「怎麼成功？路易十六早就銷毀了解釋密碼的小冊子，那麼不管紙條是眞是假，如果您不能破解密碼，還不是一點用處都沒有！」

「您說得沒錯，但是禁衛軍隊長從路易十四火爐中搶救下來的那本冊子沒有被銷毀。」

「您怎麼知道？」

「您能證明冊子已經被銷毀了嗎？」

伯特雷不再說話，緩緩閉上雙眼，似乎想要整理自己的思緒。他說：「掌握了祕密的禁衛軍隊長在日記裡陸續寫下部分紀錄，日後，他的曾孫找到了這本日記。但是隊長未繼續透露，也沒有說出謎題的答案。爲什麼呢？因爲他慢慢冒出一個想法，想要將祕密佔爲己有，而他也屈服在此誘惑之下。證據是什麼？他被人謀殺。進一步的證據呢？他身上帶了一顆價値連城的寶石，毫無疑問的，他一定是從沒有人知道位置的藏寶處——也就是『空心針』之謎的地點——取出了寶藏。羅蘋暗示過我，他並沒有撒謊。」

「伯特雷，那您有什麼結論？」

「我的結論是，大家應該要盡可能大肆報導這個故事，讓所有讀者都能從報紙上得知我們在尋找一本探討『針』的專書。也許這本書就在某個外省小地方的圖書館裡。」

記者立刻動筆撰寫新聞稿，伯特雷未等到結果出來就開始行動。

第一個調查方向跳了出來：首先，他要調查的是發生在蓋庸附近的謀殺案。他在當天就來到了這個城市。當然了，他並不期望重建兩百年前的犯罪現場。儘管如此，任何重大的犯罪事項都會在人們的記憶以及當地的傳統中留下痕跡。

當地的編年史料記錄下重大的案件，以便在某天提供給鄉間的博學之士、古老民間傳說的愛好者，或某個喜歡將現代事件與古早過去連想在一起的年輕人，用來當作新聞發表，或作爲學術論文之用。

伯特雷拜訪了三、四名當地耆老。其中有一位是上了年紀的公證人，這位公證人查閱了監獄的登錄資料，以及古時候的行政區和教區資料，完全沒有找到十七世紀任何禁衛軍隊長遭人殺害的紀錄。

他毫不氣餒，回到巴黎繼續蒐集資料，他認爲當時的法官可能在巴黎進行調查，但是，他的努力全付諸於流水。

然而，另一個想法帶著他朝新的調查方向前進。他能不能找到這位禁衛軍隊長的名字？其孫移居他鄉；而其曾孫曾經效力於法蘭西共和國軍隊，當皇室遭拘禁的時候，他正好被調動到巴黎教堂監獄，之後，他投效拿破崙麾下，最後還到了鄉間？

他耐著性子尋找，終於找出兩個有著幾乎完全相符歷史的名字。其中一個是路易十四時代的貴族拉爾貝里，另外一個是法國大革命恐怖統治時期的公民拉爾比。

這個發現十分重要。他仔細寫了一則小啓事寄到報社，徵求所有關於貴族拉爾貝里以及後代子孫的資料。

結果，回應的人是馬熙班，正是那位提到了小冊子，也是學院成員的馬熙班先生。

伯特雷先生：

我想藉此機會引述一段伏爾泰①在其著作《路易十四的世紀》（第十五章：〈君主政治的特色與軼事〉）的文字。坊間所有的版本均已刪除了這段文字：

「我曾經聽已故的財務官寇馬丹先生——同時也是財政大臣夏米亞的好友——說過，國王某日聽到拉爾貝里遭人謀殺，而且值錢的珠寶也被洗劫一空，便急忙搭乘皇室馬車離開。國王的情緒激動，不停地說：『全都完了……全都完了……』第二年，拉爾貝里的兒子和他嫁給維林侯爵的女兒，被流放到他們位於普羅旺斯和布列塔尼的產業。其中一定有什麼蹊蹺之處。」

我要補充說明，這件事不容懷疑，根據伏爾泰的說法，夏米亞是最後一任知道「鐵面人」這個詭異祕密的大臣。

您也看到了，讀者可以從這段文字得到啓示，看出兩個事件之間的關連。至於我呢，我不敢斗膽想像路易十四在這種狀況下會做出什麼舉動，心裡有何猜疑和理會。但是在另一方面，拉爾貝里身後還有一個兒子，他有可能是拉爾比的祖父，別忘了他也還有一個女兒。我們是否可以假設拉爾貝里死後遺留下來的文件最後到了女兒的手裡，而隊長從火焰中搶下的冊子就剛好置於其中呢？

我仔細翻閱了《城堡年鑑》，在布列塔尼的漢恩有一位維林男爵。他會不會是侯爵的子孫？我昨天恰巧寫了封信給男爵，詢問他是否有一本書名與「針」有關的古老小冊子。我還在等待他的回覆。

我十分樂意與您討論相關細節。若不蒙嫌棄，請賜允撥冗面談。

又及：想當然耳，我不會將這些新發現透露給報章媒體。如今您距離目標越來越近，的確應該低調行事。

伯特雷完全同意馬熙班的看法。他甚至更進了一步，這天早上，有兩名記者纏著他不放，於是他給他們一些天馬行空的資訊，對自己的精神狀況和計畫同樣百般胡扯。

這天下午，他匆匆忙忙地趕到馬熙班位於伏爾泰堤岸十七號的家中，沒想到馬熙班先生前腳剛出門，讓他撲了個空。但是馬熙班先生在出門之前留下了一張紙條，並且交代，萬一伯特雷來訪，可以交給他。

我收到一封急電，讓我燃起了希望，因此我要到漢恩去，並且在那裡過夜。您可以搭夜車過來，但是不要在漢恩下車，請繼續坐到維林的火車站。我們直接在城堡見面，城堡距離車站大約有四公里的路程。

這個行程規畫正合伯特雷的心意，尤其是他可以和馬熙班同時抵達城堡，因爲他擔心這個缺乏經驗的馬熙班會做出不該做的事。他回到朋友家中，一整個下午和朋友待在一起。到了晚上，他搭乘特快車來到布列塔尼，在早晨六點抵達了維林。他穿過茂密的樹林，徒步走了四公里，在大老遠之外就看到高處有一座長形的小城堡。小城堡是混合式的建築，結合了文藝復興和路易・菲利普時期的特色，但是四座牆塔和爬滿長春藤的吊橋仍然爲小城堡營造出雄偉的氣勢。

小城堡越來越接近，伊席鐸的心跳也越來越劇烈。他是不是接近終點了？城堡裡是否藏有解謎的關鍵？

他並非不害怕。一切未免太順利，他不禁自問：這一回，他是否又被羅蘋牽著鼻子走，馬熙班會不會是敵人操弄的工具？

他大聲地笑了出來。「眞是夠了，我怎麼這樣荒唐！難道我還眞以爲羅蘋是個不會犯錯的人，任何細節都設想周到，難道他就像個無所不能的神祇，只要碰到他，便無計可施嗎？眞是的！羅蘋也會犯錯，免不了因時制宜。羅蘋也曾經犯錯，正是因爲他遺失了紙條，我才會取得優勢。一切都是從紙條開始的，而他只是努力彌補自己犯的錯而已。」伯特雷心情大好，滿懷信心地按下門鈴。

「先生您好，請問您有什麼事？」門邊出現了一個僕人。

「不知道維林男爵方不方便撥空見我。」他遞上名片。

「男爵先生還沒有起床，但是，如果先生願意等候……」

「在我到之前，是不是有一位先生也想見男爵呢？這位先生有一把花白的鬍子，背有點駝。」

伯特雷曾經在報紙上看過馬熙班的照片。

「有的，這位先生大約十分鐘之前就到了，我請他在會客室等候。請您也隨我來。」

＊　＊　＊

馬熙班和伯特雷兩人相談甚歡，伊席鐸感謝這位老人家提供他如此精確的資訊，熱情的馬熙班則對伯特雷讚賞有加。接著，兩人針對紙條上的謎題和他們是否能找到小冊子交換意見，馬熙班也說出了他對維林男爵的認識。男爵大約六十歲，許多年前成了鰥夫，現在和女兒葛碧瑞兒・威爾蒙隱居在這裡。他的女兒在不久前受到嚴重的打擊，一場汽車車禍奪走了她的丈夫和長子。

「男爵請兩位先生上樓。」

僕人帶著兩人來到二樓的一個大房間裡，這裡的牆壁上沒有裝飾，房裡簡單地擺設了書桌、檔案櫃和擺滿紙張、帳冊的大桌子。男爵親切地接待他們，和一些太孤單的人一樣，說起話來口若懸河，讓他們幾乎沒機會說出來訪的目的。

「啊，我知道！馬熙班先生，您爲了這件事寫了封信給我。是不是和一本我祖先留下來，提到『針』的書有關呢？」

「正是。」

「我得告訴二位啊，我的祖先和我是壁壘分明。那個時代的人老是有些奇奇怪怪的想法，而我呢，我生活在我的時代，和過去劃清界限。」

「對，但是——」伯特雷不耐煩地抗議：「但是您完全不記得自己是否看過這本書嗎？」

「我當然看過！我發了電報給你們啊！」他對著馬熙班大聲說。馬熙班耐不住性子，在房間裡來回踱步，看向窗外。

「我當然看過啊！至少，據我女兒說，她在圖書館的幾千冊藏書中看到過這個書名。因爲啊，對我來說，閱讀……我連報紙都不看。我女兒偶而還會看看報紙呢！我只希望她的小喬治——她僅存的小兒子——身體健康。至於我自己呢，我只希望農地收到佃租、船隻運作正常就好囉！來，你們來看看我的帳冊，兩位先生哪，我簡直和帳冊生活在一起。馬熙班先生，我承認您在信中提起的故事，我一點也不清楚——」

這番滔滔不絕的長篇大論讓伊席鐸・伯特雷聽得十分畏懼，他急忙打斷男爵：「請問，男爵先生，所以這本書……」

「我女兒找了，從昨天就在找。」

「結果呢？」

「結果她找到了呀，大概一兩個小時之前找到的，就在你們抵達的時候……」

「書在哪裡？」

「在哪裡？她就放在這張桌子上……呀，就在那裡……」

伊席鐸跳了起來。在堆滿紙張的桌子上有一本用紅色摩洛哥山羊皮裝訂的書。他一拳敲在書上，彷彿不准任何人碰到這本書，其實還存著另一個原因，他有些害怕，不敢親手將書本拿起來。

「怎麼樣？」馬熙班興奮地大喊。

「在我手上……終於拿到了！」

「書名呢？您確定是這本書嗎？」

「那當然！您自己看！」

他指著書皮上燙金的字：《**空心針之謎**》。

「您確定嗎？我們終於可以窺知謎底了嗎？」

「第一頁……第一頁上面寫了什麼？」

「上面寫著：『首次披露的眞相——爲揭發宮廷祕辛，敝人自費印刷一百份小冊。』」

「這就對了，就是這本，」馬熙班喃喃地說，聲音已經嘶啞，「這就是從火爐裡搶救出來的小冊子！就是路易十四深惡痛絕的那本冊子。」

兩個人一起翻開冊子。前半本的內容，就是拉爾貝里隊長在日記的解釋。

「跳過，跳過這段！」伯特雷急著想看到解答。

「怎麼能跳過！我們知道『鐵面人』之所以遭到囚禁，就是因爲他知道，而且打算透露法國皇室的祕辛！但是他是怎麼知道的呢？爲什麼要透露？這個神祕人究竟是什麼身分？難道和伏爾泰的猜測相同，是路易十四同父異母的雙胞兄弟嗎？還是眞如當代評論家所言，是義大利外交官馬堤歐利？天哪，這是我最想要知道答案的問題！」

「等等！等一下再看！」伯特雷大聲抗議，像是擔心書本會在他解出謎底之前長出翅膀飛掉。

「可是……」馬熙班表示反對，因爲他熱中於歷史細節。「我們有的是時間，等一下嘛，先看看說明。」

伯特雷突然停了下來。這本冊子！在這一頁中間的左邊有五行神祕的點號和數字。他一眼就看出這幾行記號和他稍早花了許多時間研究的記號完全相同，所有符號的位置都一樣，幾個分隔開「小姐們」，以及「空心」與「針」的空格也相同。

在這幾行符號之前有一行註記，寫著：「路易十三似乎已經將所有相關資訊簡化，我將表格列於下方。」

接下來就是表格，隨後是對這幾行符號的解釋。

伯特雷斷斷續續地唸出來：「——正如我們所見，光是將數字轉變成母音，並沒有多大的作用。如果想要解謎，必須先瞭解謎題。舉例來說，對於熟知迷宮路徑的人而言，瞭解謎題無疑是可以拉著走入迷宮的繩索。大家拉起繩子吧，讓我來引領各位。

「首先，我們要看第四行。第四行代表方法與指示。只要依照指示，並且遵循方法，一定會到達目標。這當然是有條件的，我們必須知道自己的立足點在哪裡、目標又在哪裡，簡單來說，就是要先捉住『空心針』的眞正意義。我們可以從前三行瞭解這個意義。首先，這是我對國王的報復，我曾經警告過他——」

伯特雷停了下來，似乎有些不知所措。

「什麼事？怎麼了？」馬熙班問道。

「怎麼文不對題？」

「的確，」馬熙班說：「『首先，這是我對國王的報復』……這是什麼意思？」

「該死了！」伯特雷大聲咒罵。

「又怎麼了？」

「被撕掉了！接下來的兩頁都被撕掉了！……您看，從這裡還看得出來！」

他開始發抖，心裡既氣憤又失望。

馬熙班俯下身子檢查。「是眞的……這裡還有剩下來的痕跡，有點像是騎縫的部分。痕跡看起來還很新，不是用切的，應該是手撕……被人用力撕了下來……您看，這本書最後幾頁都被揉皺了。」

「會是誰？是誰？」伊席鐸喃喃地唸著，緊緊握起雙手，「是僕人嗎？還是有共犯？」

「說不定已經撕了好幾個月了。」馬熙班說。

「就算是這樣……還是得有人先找到書，然後拿出來……男爵先生，您說，」伯特雷對男爵說，語氣中帶著責備的意味，「您完全不知情嗎？您難道沒有懷疑過任何人嗎？」

「我們可以問問我女兒。」

「對……對……就這麼辦，也許她會知道……」

維林男爵按鈴叫男僕。幾分鐘之後，威爾蒙夫人走了進來，這個年輕女人的臉色十分哀愁。

伯特雷立刻問：「夫人，是您在樓上的圖書館裡找來這本書的嗎？」

「是的，這本書和其他好幾本書綑在一起。」

「您讀了嗎？」

「有，昨天晚上讀了。」

「當您讀這本書的時候，這裡是不是少了兩頁？就是在點號和數字圖表後面的兩頁，您還記得嗎？」

「沒有，絕對沒有，」她驚訝地說：「昨天晚上一頁都沒少啊！」

「可是有人撕走了──」

「但是這本書一整晚都沒離開我的房間。」

「今天早上呢？」

「今天早上我自己把書拿下來的時候，剛好僕人來通報馬熙班先生來訪。」

「所以呢？」

「所以，我不懂……除非……這不可能……」

「什麼不可能？」

「我兒子喬治……今天早上，喬治拿著這本書玩。」

她急忙跑了出去，伯特雷、馬熙班和男爵都跟在她身後。喬治沒有在自己的房間裡，大家開始四處尋找。最後，這幾個人終於找到在城堡後面玩耍的孩子。喬治一看到三個大人態度激動又嚴厲地質問他問題，不禁嚇得扯開喉嚨大聲哭喊。大家東奔西跑，還得詢問僕人，場面簡直一片混亂。伯特雷有種不好的感覺，他覺得眞相似乎就像水一樣，從他的指縫間流失。他努力地鎭定下來，然後扶著威爾蒙夫人的手臂走進客廳，男爵和馬熙班就跟在後面。

伯特雷問威爾蒙夫人：「這本書缺頁，有人撕走了其中兩頁。但是，夫人，您讀了書，對吧？」

「是的。」

「您記得書的內容嗎？」

「記得。」

「您可以說說看嗎？」

「可以的。我好奇地讀完了整本書，尤其是這兩頁更讓我驚訝，因爲上頭的內容涉及了一筆可觀的利益。」

「那好，拜託您，夫人。請您說出來吧，這些內容太重要了！夫人，您說吧，時間浪費不得。空心針——」

「噢！這很簡單啊，空心針指的是……」

這時候，有一名僕人走了進來。

「夫人，有您的信。」

「奇怪，郵差還沒來呀！」

「送信的是個小男孩。」

威爾蒙夫人拆開信閱讀，接著突然用手壓住胸口，臉上的血色盡失，幾乎就要暈厥。

信紙滑到地上，伯特雷撿起來，來不及問自己是否可以看，直接就唸了出來：

不要說出來……否則您的兒子將長睡不醒……

「我的兒子……兒子……」她結結巴巴，虛弱到沒力氣去營救遭到威脅的孩子。

伯特雷安慰她：「沒事的……不過是個玩笑罷了……這麼做有什麼好處？」

「除非，」馬熙班意有所指，「下手的是亞森・羅蘋？」

伯特雷打個手勢，示意他別說話。他當然知道敵人又來到了身邊，而且伺機而動，這就是他想讓威爾蒙夫人說出關鍵重點的原因。他等了這麼久，眼見馬上就要得知謎底……

「夫人，請您鎮定……我們全都在這裡，不會有危險的……」

她會說嗎？他認爲她應該會，也希望她會。

夫人結結巴巴地發出了幾個字。這時候門又開了。這次進來的是個女僕，看起來十分慌張：

「喬治少爺……夫人，喬治少爺他……」

這位母親突然找回了力量，在母性的驅使下，比所有的人更快衝下階梯，穿過門廳，跑向外面的露台。小喬治躺在露台的椅子上，一動也不動。

「啊，沒事！他在睡覺！」

「夫人，他是突然睡著的，」女僕說：「我本來不讓他睡，要帶他進房間，但是他立刻就睡著了，而且，他的手……他的手是冰的。」

「冰的？」母親幾乎說不出話，「對……是眞的……啊！天哪！天哪……他一定得醒過來！」

伯特雷偷偷把手伸進口袋裡，握住了手槍的槍柄。他用食指扣住扳機，接著突然掏出手槍，對著馬熙班開火。

馬熙班彷彿一直在注意這個年輕人的舉動，提早行動，躲過了子彈。這時候，伯特雷撲向馬熙班，對著僕人高喊：「來幫忙！他是羅蘋！」

在伯特雷劇烈的衝撞下，馬熙班往後倒向藤製的安樂椅上。

他沒花幾秒鐘就又站了起來。伯特雷目瞪口呆地看著馬熙班，後者的手上還握著他的槍。

「好極了，別動！……你只花了兩、三分鐘的時間而已。但是說眞的，你還是花了些時間才認出我來。是因爲我的易容術太厲害，太像馬熙班了嗎？」

這會兒，他站直了身子，胸膛結實，看起來令人生畏。他看著受到驚嚇的三個僕人和愣住不動的男爵，然後說：「伊席鐸，你犯了個錯。如果你沒有說出我是羅蘋，他們一定會撲過來的。看看他們的體格，天哪，如果他們眞的衝過來，誰知道我會有什麼下場！嘿，一個打四個！」

他向僕人靠了過去。「好囉，孩子們別怕，我不會打你們的……要不要吃塊糖啊？吃了才有力氣喔！啊，就是你，你把我的一百法郎還給我。對，沒錯，我認出你來了。一個小時之前，我就是付錢給你，要你拿信給你的女主人……來，動作快，你這個不可靠的佣人……」

他接下僕人遞過來的藍色鈔票，然後撕成碎片。

「這種黑心錢哪……會燙到我的手。」

他摘下帽子，向威爾蒙夫人深深一鞠躬。「夫人，您願意原諒我嗎？生命中的偶發事件，尤其在我的生命裡，常常會迫使我做出讓自己臉紅的事。但是，您不必爲小公子擔心，當我們稍早在問他問題的時候，我在他的手臂上注射了小小的一針。最多再過一個小時，藥效就會退去了……我要再次致歉，但是，我眞的需要您保持緘默。」

他再次鞠躬，感謝維林男爵的熱情接待。接著他拿起枴杖，點了根香菸——沒忘了問男爵是否也想來根菸，摘下帽子在空中劃了條弧線，用降貴紆尊的語氣對伯特雷說：「再見啦，小乖！」在悠哉離開之前，還對僕人的鼻尖吹了口菸……

伯特雷等了好幾分鐘。威爾蒙夫人這時候鎭定多了，正在照顧她的兒子。他走向前去，想要做最後的懇求。兩個人四目相望，他什麼也沒說。他明白了，她現在無論如何也不會開口的。空心針之謎埋進了這名母親的腦海深處，和過往的黑夜一般深沉。

伯特雷只好放棄，轉身離開。

這時是十點半，十一點五十分會有火車可以搭，他慢慢地順著花園小徑走向通往車站的馬路。

「如何啊，你對這件事有什麼看法呢？」

說話的是馬熙班——不如說是羅蘋吧，他從路邊的樹林中走了出來。

「策畫還算縝密吧？你的老朋友走鋼索的技巧還不錯吧？我相信你一定還在懊惱，是不是啊？你是不是在納悶，這個純文學暨銘刻文字學院的馬熙班先生是否眞有其人？當然有這個人，如果你聽話，我可能還會讓你見見他。但是，首先我要把你的手槍還你……你是不是在檢查槍有沒有上膛？當然有啦，好孩子。還剩下五發子彈，只要一發，就可以送我上路去見老祖宗啦！……怎麼著，你要收到口袋裡去啊？眞是個好決定，比剛才在城堡裡的表現來得好。你剛剛眞是太惡劣了，可是該怎麼說呢，你畢竟還年輕，發現自己又被羅蘋耍了一次，機會稍縱即逝啊，他就站在你跟前三步之遙……於是，砰！你開槍就射……我不會記恨的。爲了證明我的度量，我特地邀請你和我一起搭乘我那輛一百馬力的汽車，你說好嗎？」

他伸出指頭靠在嘴邊，吹了聲口哨。

這個對比實在太有趣了，馬熙班的外表老態龍鍾，卻搭配著羅蘋孩子氣的手勢和語氣。伯特雷忍不住笑了出來。

「他笑了！他會笑了！」羅蘋高興地歡呼。「你瞧，小乖，你就是少了笑容。以你這般年紀來說，你實在是過於嚴肅。你人好，又有一種純眞的魅力，但是啊，說眞的，你就是不懂得笑。」

他站在伯特雷前面。

「唉呀，我敢說，我一定會把你惹哭。你知道我怎麼會追蹤到你的調查嗎？我是怎麼知道馬熙班寫信給你，和你約好今天早上在維林男爵的城堡碰面？都虧你那個多嘴的同學，就是讓你留宿他家的那個同學……你把事情全告訴了他，而他一秒鐘也沒浪費，通通告訴了他的女朋友。他的女朋友和羅蘋之間可是沒有祕密的。我剛剛怎麼說的？看看，你眼睛濕了吧！友情是靠不住的，對吧？

眞是教人難過啊！聽著，好孩子，你很不錯的，我眞想給你個擁抱！……你怎麼老是露出這種驚訝的表情，眞是太令我感動了……我永遠記得你來蓋庸找我的那個夜晚，對，我就是那個老公證人。笑一笑啊，小乖！眞的，我又得再說一次了，你實在沒有幽默感。你啊，你缺少……我該怎麼說呢，你不夠活潑、少了衝動。但是我呢，我可是輕快活潑又有衝勁哪！」

汽車轟隆隆的馬達聲接近了，羅蘋突然一把握住伯特雷的手，直視他的雙眼，用冰冷的語氣說：「這下你要安分一點了，啊？你應該明白沒什麼可做了吧？你何必白白浪費時間和力氣呢？世界上還有那麼多竊賊、搶匪，去抓他們，別來管我。否則……就這麼說定了，對不對？」

他前後搖晃著伯特雷，想藉此加強這些話的力道。接著，他笑著說：「我眞是個笨蛋！你怎麼可能還我安寧？你不是那種人。哈，我眞不知道自己爲什麼不動手！我隨便兩三下就可以將你五花大綁起來，花兩個小時就可以把你送到不見天日的地方關好幾個月！這麼一來，我就可以高枕無憂，退出江湖，用法國國王這些老祖宗世代累積要留傳下來給我的寶藏安穩過日子……但是不行，我必須小心謹愼，到最後一秒鐘才能停息。你到底想要怎麼樣？每個人都有弱點……我就掌握到你的一個弱點。再說，事情還沒有結束哪，你想要找出空心針的祕密，恐怕還得花一番工夫。嚇！我羅蘋花十天的工夫，你得花上十年的歲月。我們之間，還差得遠呢！」

汽車到了，這是一輛有頂的大型轎車，羅蘋拉開門之後，伯特雷驚呼了一聲。車裡有另一個羅蘋——不，應該說是馬熙班。

伯特雷放聲大笑，突然明白了。

羅蘋對他說：「別擔心，他睡得很沉。我答應過會讓你見到他的，你現在懂了嗎？昨天接近半夜左右，我知道你們要來城堡見面。我早上七點就到了。當馬熙班路過的時候，我不過是攔下他，接著再補上一針而已。這不就成了，老傢伙，睡吧，我們會把你放在山坡上曬曬太陽，才不會著涼。這就成了，好好享受陽光吧……拿好帽子，再拿點錢……老好人馬熙班哪，你眞照顧羅蘋！」

這眞是太滑稽了，兩個馬熙班面對面，一個低頭熟睡，另一個神情嚴肅又專注。

「施捨點小錢給又老又瞎的可憐人吧……來，馬熙班，給你兩毛錢，還有我的名片……

「現在呢，孩子們，我們加速離開吧！司機，你聽到了嗎？以時速一百二十公里前進！上車吧，伊席鐸，今天在學院裡有場演說，三點半的時候，馬熙班得發表一篇天曉得什麼主題的學術論文。我要爲大家呈現一個完整的馬熙班，一個比眞馬熙班還要更眞的馬熙班，發表我對湖沼碑文的看法。這下子我終於在學院裡發表演說了！司機，再快一點，我們現在的時速不過才一百一十五公里……伊席鐸，你怕了嗎？別忘了，你在羅蘋身邊呢！伊席鐸啊，竟然有人敢說生命無趣！生命眞是可愛啊，孩子，只是，你需要去瞭解，我呢，我就知道。剛才在城堡的時候，我心裡的喜悅簡直要破皮而出呢！你忙著和老維林聊天，而我呢，我高高興興地靠在窗邊，一邊將兩張歷史古書的書頁撕成碎片！接下來，你詢問威爾蒙夫人，想挖出空心針之謎的時候，我心想，她會說出來嗎？會說……不會說……會……不會……我的雞皮疙瘩都冒出來了。如果她說出來，我的生命將全盤改觀，所有的計畫都會毀於一旦……僕人會準時進來嗎？會……不會……啊，來了。伯特雷會看出我的眞面目嗎？這就不可能了，他沒那麼機伶！會……不會……啊，就要發現了……哈，沒發現……咦，他在偷瞄我……哈！他要掏出手槍了……啊，眞是太好玩了！……哎，伊席鐸，你眞是太愛說話了……讓我們稍微打個盹，好嗎？我要睡了，晚安……」

伯特雷看著他，他看起來好像眞的睡了。眞的睡著了。

汽車劃過空間，衝向不斷往後退去的地平線，村莊、田野、樹林全都不見了，只剩下逐漸被吞噬的空間。伯特雷久久地看著他的旅伴，眼神充滿好奇，一心想要看穿他的眞面目。伯特雷的心裡還在想這個讓他們並肩坐在車內狹小空間的情勢。

然而，在經歷過一個激昂又失望的早晨之後，伯特雷也覺得累了，於是，他也沉沉地睡去。

當他醒來的時候，看到羅蘋在讀書。伯特雷探頭看書名，羅蘋讀的是古羅馬哲學家塞涅卡的《給盧西留斯的信》。

譯註：

①筆名 Voltaire，原名 François-Marie Arouet，一六九四——一七七八，法國啓蒙時代的思想家、哲學家兼文學家。

chapter 8

從凱撒大帝到亞森・羅蘋

「嚇！我羅蘋花十天的工夫，你得花上十年的歲月。」

羅蘋在離開維林城堡時說的這句話，對伯特雷的行動造成莫大的影響。羅蘋向來冷靜，懂得自制，但是偶爾也會過於誇大，或是流露出太多感情，他的個性戲劇化但又善良，不經意說出的某些話，往往可以讓伯特雷這樣的孩子從中得到助益。

不管是對還是錯，伯特雷認爲羅蘋在這句未經思索的話裡洩漏了線索。藉由這句話，他合理地推斷：如果羅蘋會拿自己和伯特雷在尋找「空心針」眞相時所耗費的精力來相提並論，是因爲他們兩個人都掌握了足以致勝的相同線索，羅蘋手上的成功要件不比對手多，兩個人機會均等。兩個人不止機會均等，掌握的要素也相同，在這個條件下，羅蘋花了十天找出謎底。這些要素、方法和機會究竟是什麼？簡單來說，就是一八一五年出版的這本小冊子中提供的資料，羅蘋一定有這本書，他和馬熙班一樣，都是在無意之間發現了這本書，而藉由這個發現，他成功地找出了瑪麗・安東妮夾藏在祈禱書裡的紙條。因此，羅蘋所仰賴的重要資料就是冊子和紙條。整個架構都是由這兩樣東西發展出來的，因此他不需要其他的資料，只要研究小冊子和紙條就夠了。

那麼，伯特雷何不把自己置於和羅蘋相同的處境裡呢？他何必做無謂的掙扎？這些徒勞無功的調查一點用處也沒有，當初他以為自己成功地避開腳下的陷阱，得到的結果卻毫無價值可言。

他果斷地下了決定，做出決定之後，他有種愉快的預感，覺得自己走在正確的道路上。首先，他離開暫住的詹生塞利中學同學家中，而且完全沒有指責同學，因為這於事無補。他提著行李四處繞，終於在巴黎市中心找了間小旅館落腳。他在旅館裡待了許多天。他足不出戶，最多只到旅館的小餐廳裡用餐，其他的時間則將自己反鎖在房間裡，緊緊地拉起窗簾，獨自思考。

「十天。」羅蘋是這麼說的。伯特雷強迫自己忘掉先前的調查，全心全意去思索小冊子和紙條上的線索，迫切地希望自己能在十天的期限內找出答案。第十天過去了，接下來的是第十一天、第十二天。但是，到第十三天，他的腦中似乎出現了一絲曙光，接著，這些新的想法就像是令人讚嘆的花朵一樣，無比迅速地發展開來，真相漸始萌芽、綻放，接著盛開。就在這第十三天的晚上，他的確還不知道謎題的關鍵字眼是什麼，但是他找出了揭開謎底的方法，毫無疑問的，羅蘋也是採取同樣的方式。

其實這個方法很簡單，完全取決於一個問題，那就是這些大大小小的歷史事件是不是有所關連，才讓小冊子和空心針之謎搭上線？

這些多樣化的事件，增加了找出答案的困難度。然而，伯特雷在深入研究之後，終於找出這些事件的共同點。這些事件，無一例外，全部發生在古代的紐斯特里亞王國，也就是現在的諾曼第一帶。所有冒險故事的主人翁都是諾曼第人，或是在日後成為諾曼第人，要不然就是在諾曼第的歷史中扮演了重要角色。

這個跨越年代的浩大隊伍眞是令人嘆為觀止！來自各地的爵士、君王齊聚在世上同一塊角落，這是多麼驚心動魄的場面！

出自巧合，伯特雷翻閱了歷史。諾曼第公國的第一位公爵羅洛（或稱羅蘭），在簽下《聖克萊埃普特條約》之後，成了「空心針」的主人。

諾曼第公爵「征服者」威廉——他在日後征服英國成了英國國王——的軍旗旗桿尖端有個像針孔一樣的孔眼。

英國人在位於諾曼第的盧昂，燒死了掌握祕密的聖女貞德！

而最早發生的事件，是卡列特領袖為了贖身，將空心針的祕密告訴了凱撒大帝，卡列特人的王國位於現在的科區，而科區不就是諾曼第的中心地帶嗎？

伯特雷的假設越來越具體，範圍也越來越狹窄，盧昂、塞納河岸、科區……各路人馬都朝這個方向匯集。諾曼第歷代公爵和他們的子孫，也就是英國國王，一度掌握了祕密卻又失傳，於是這個祕密成了法國皇室所有。這其間尤其要提起兩位法國國王。一個是將宮廷設置於盧昂的法王亨利四世，他曾經在迪耶普附近贏得阿爾克之役。另外就是弗朗索瓦一世，他奠定了哈佛港這個城市的基礎，並且別有深意地說：「法國的諸多國王掌握了許多祕密，這些祕密足以左右國家大事和城市的命運！」盧昂、迪耶普、哈佛港這三大城市恰好構成一個三角形，各自位居一頂端，而三角形的中央正好是科區。

到了十七世紀，路易十四焚燬了一個不知名人士揭露眞相的小冊子。拉爾貝里隊長藏起了一本，繼而從偷來的祕密取得利益，取走了不在少數的珠寶，結果遭到劫匪殺害。伏擊的地點在哪裡呢？蓋庸！蓋庸這個小地方的位置，就在從哈佛港、盧昂或迪耶普這三個城市前往巴黎的路上！

一年之後，路易十四買下一塊地，在上面蓋了針堡。他選擇什麼地點？法國的中央，這可以引開多事之士的注意力，不去繼續探究諾曼第。

盧昂……迪耶普……哈佛港……科區的鐵三角，就在這裡了！一邊是大海，另一邊是塞納河，第三邊，則是從盧昂延續到迪耶普的兩道谷地。

伯特雷突然浮現出一個靈感：這片土地，也就是由塞納河谷地到英法海峽懸崖之間的平原一帶，一直是羅蘋作案的地方。

這十年以來，他犯下的竊案全都集中在這個與空心針之謎緊密相連的地區。

比方說，卡洪男爵城堡的竊案①，這樁竊案發生在盧昂和哈佛港之間，就在塞納河畔。堤貝曼尼堡的竊案呢②？這個城堡在平原的另一端，在盧昂到迪耶普之間。另外，古盧榭、蒙堤尼、葛拉斯維爾等地的竊案呢？全都在科區。羅蘋在車廂裡，遭犯下拉封丹街殺人命案的皮耶・翁弗立五花大綁的時候，他正打算到哪裡去③？盧昂！當夏洛克・福爾摩斯遭到羅蘋俘虜的時候④，是在哪裡上船？就在哈佛港附近。最近這次的竊案在哪裡上演？安普梅西就在從哈佛港到迪耶普的路上。

盧昂、迪耶普和哈佛港，所有的竊案都離不開這個科區黃金三角的頂點。

所以，小冊子在好幾年前就已經落入羅蘋的手中，他因此得知瑪麗・安東妮藏紙條之處，接著，他把腦筋動到皇后的祈禱書上。一旦拿到紙條之後，他便付諸行動，「找出」這個藏寶處，並且據爲己有。

伯特雷也要付諸行動了。

他帶著高昂的情緒開始行動，心裡一邊想著：羅蘋也走過同樣的旅程，在羅蘋啓程尋找這個超乎想像的祕密時，心中一定也懷抱著悸動不已的希望，這個祕密終究爲羅蘋帶來無比的力量。那麼，他自己的這番努力，是否也能帶來同樣振奮的結果呢？

他在一大早徒步離開盧昂，不但易了容，還用根棍子挑著行李，看起來就像個環遊法國的學徒。

他步行到杜克萊，並且在這裡用了午餐。離開這個小城鎮後，他刻意沿著塞納河繼續走，一路上沒有離河太遠。他憑著直覺和臆測，覺得自己不該遠離這條蜿蜒的美麗河流。在卡洪男爵的城堡被竊走的畫作和藝術品就是從塞納河被運走的，安普梅西小教堂中的古老石雕同樣也被羅蘋一幫人運到了塞納河邊。他的想法，是有一整隊接駁船隻定時往返於盧昂與哈佛港之間，將這個地區的藝術品和財富整批運送到富豪之境。

「我好激動，好心急！」年輕的伯特雷低聲自言自語，眞相就像一連串令人震驚的衝擊，讓他幾乎喘不過氣。

最初幾天的失敗並沒有讓他氣餒。他堅信自己的假設絕對正確，並且引以爲這次行動的依歸。就算這個假設過於大膽，那又怎麼樣呢？面對他所追蹤的敵人，就應該去大膽假設，因爲這才能貼合總是能出奇制勝的羅蘋。想與羅蘋對決，除了天馬行空、跳脫常軌的思考，他還能怎麼做？如密居、麥爾黑、聖萬德、科德貝克、坦卡維爾和奇勃夫這些地方都充滿了他的回憶！他一定經常凝望著這些地方的哥德式鐘塔和大片古建築遺址的美景！

然而哈佛港呢，哈佛港一帶，就像通明的燈火一樣吸引著伊席鐸。

「法國的諸多國王掌握了許多祕密，這些祕密足以左右國家大事和城市的命運！」

這句話原來晦澀難解，然而伯特雷此刻突然看出了清楚的道理！弗朗索瓦一世這番話不就表明這個意思嗎？這位國王決定在這個地點創造一座城市，而哈佛港的命運與空心針之謎緊密地連結在一起。

「就是這樣……這就對了……」伯特雷陶醉地喃喃自語：「這個古老的諾曼第海港不但是個重

鎮，也是法國建國最早建立的城市之一，這兩個特色相輔相成，造就了哈佛港。哈佛港的第一個特色大家都知道，這地方佔了地利，是個繁榮、足以與世界聯繫的海港。此外，這個城市還有世人較不熟悉的晦暗歷史背景。空心針之謎足以解釋法國的歷史和皇室的祕密，同樣的，我們也可以由此一窺羅蘋的冒險故事。歷代法國國王利用這些富饒的資源來挹注、拓展皇室的財富，怪盜紳士羅蘋也是如此。」

伯特雷穿梭在小鎮之間，沿著塞納河畔來到海岸，他聚精會神地觀察，想要找出在景物表面之下更深一層的涵義。他應該去拜訪山丘上的人家、樹林中的獵戶，還是該到民宅四處發問？他是不是能從這些人口中乍聽之下毫無意義的言談裡揀出具有啓發性的說法？

一天早上，他在一間小旅社裡吃午飯。從這個地方，他可以看見翁佛勒這個古老的海港小城市。他的對面坐了一名馬販，這個典型的諾曼第男人有一頭紅髮，身材臃腫，這些牲口販子通常拿著鞭子、穿著長罩衫，往來於鄰近地區的大小市集之間。坐了沒多久，伯特雷覺得這個男人盯著他看，似乎是認識他——或是說，想要認出他是什麼人。

「呃，」他心想，「可能是我弄錯了吧，我從來沒見過這個馬販，他一定也沒有看過我。」

的確，這個男人似乎不再注意伯特雷。他點起菸斗，叫了杯咖啡和干邑酒，邊抽菸邊喝酒。伯特雷吃完午飯付了帳，起身離開。他正要出門的時候，剛好有一群人走了進來，於是他在馬販桌邊站了幾秒鐘。這時候，馬販輕聲說：「日安哪，伯特雷先生。」

伊席鐸沒有猶豫，立刻在男人身邊坐了下來，然後說：「是我……可是，您是誰呢？您怎麼會認出我來？」

「一點兒也不難。我曾經在報紙上看到過您的照片，而且，您的——法文該怎麼說啊——您的化妝技巧太差了。」

他說話時帶著明顯的外國腔調，伯特雷檢視他的臉，發現他似乎也是易容，改變了自己的五官。

「您是誰？」伯特雷反覆地說：「您是誰？」

陌生人笑著說：「您認不出我來嗎？」

「認不出來，我從來沒見過您。」

「我也沒見過您啊！但是您再想想看，我也一樣的，報紙上刊登過我的照片……而且還是經常出現。怎麼樣，這下您可以認出來了嗎？」

「還是沒辦法。」

「我是夏洛克・福爾摩斯。」

這般會面方式與眾不同，而且非常重要，年輕的伯特雷立刻看出其中的意義。兩個人互相表達仰慕之意，接著伯特雷對福爾摩斯說：「我猜，您一定是為了他才到這裡來的？」

「是的。」

「那麼……那麼您是不是認為我們有機會……在這一帶……」

「我有把握。」

福爾摩斯的看法和他不謀而合，令他雀躍不已，但同時也讓他感覺到五味雜陳。如果這個英國人也達到了目標，那麼勝利就必須由兩個人分享，而且，誰知道福爾摩斯會不會先贏得勝利？

「您找到證據了嗎？還是有什麼線索？」

「別擔心啦，」這個英國人冷冷地笑了起來，他明白伯特雷爲什麼緊張，「我不會和你搶功的。您憑藉的線索是紙條和小冊子，我對這些東西可沒有太大信心。」

「那麼您把重點放在哪裡？」

「我啊，反正不是這些東西。」

「我可以冒昧請教嗎？」

「無所謂。您記得『消失的王冠』，也就是夏姆拉斯公爵的故事嗎？」

「記得。」

「您該沒忘掉羅蘋的老奶媽維克朵娃吧？搭上假囚車，被我的好朋友葛尼瑪放掉的那位老奶媽？」

「我記得。」

「我追蹤到維克朵娃了！她住在一處農場裡，距離由哈佛港通往里爾的國道二十五號公路不遠。我只要找到維克朵娃，就可以輕易地揪出羅蘋。」

「這得花不少時間。」

「沒關係！我已經擱下了手邊的案子。現在，我只關心羅蘋這個案子，他和我之間免不了一場龍爭虎鬥……一場生死之爭。」

他的語氣中充滿了兇殘的意味，聽得出他對自己遭受的羞辱心懷怨恨。羅蘋沒有爲他留下任何情面，這讓他對這個宿敵也產生了難以壓抑的恨意。

「您走吧！」他低聲說：「有人在看我們了……這樣太危險……但是，請記得我說的話：當羅蘋和我面對面的那天，絕對……絕對不會有好下場。」

伯特雷信心滿滿地離開福爾摩斯，沒什麼好擔心的，這個英國人的進展不可能比他快。

這次的巧遇證實了一件事！從哈佛港通往里爾的公路會經過迪耶普，是科區重要的濱海道路！這條海岸公路控制了海峽邊的峭壁！而且維克朵娃住在離公路不遠的農場裡。有了維克朵娃就找得到羅蘋，因爲他們永遠陪伴在對方身邊，老奶媽不論是非，忠心耿耿跟隨主子。

「我的滿腔熱血都要沸騰了！」年輕的伯特雷不斷地對自己說：「每次只要有新消息出現，都讓我更確定自己的假設。一方面，沿著塞納河尋找絕對正確，另一方面，沿著國道也是正確的方向。這兩條交通要道在哈佛港交會，這個地方不但是弗朗索瓦一世的城市，也是掌握祕密的城市。範圍漸漸縮小了，科區不大，況且我只需要搜索西半邊。」

他頑固地繼續搜索。

他不斷告訴自己：「如果羅蘋找得到，我沒道理找不到。」羅蘋當然有優勢，比方說，他對這個地區瞭若指掌，對於當地流傳的故事也十分清楚，此外，他還有個人的記憶。至於伯特雷呢，他對於這個地區瞭解不多，一直到安普梅西城堡發生竊案之後，他才初次踏上科區的土地，而且當時停留的時間也不長。

沒有關係！

就算得花上十年的時間來調查，他也會堅持到底。羅蘋就在那裡，他看得見，也感覺得到。也許在下一處轉彎、下一個森林的邊緣，或是下個村莊的外圍，他就會看到羅蘋。在每次失望之後，伯特雷似乎都能夠找出更好的理由堅持下去。

有時候，他會在路邊的斜坡上停下來，入神地研究他隨身攜帶的紙條，上面抄的是五行用母音取代數字的密碼。（見下圖）

他也經常習慣性地俯趴在雜草叢中，花上數小時來思考。他有的是時間，未來掌握在他手上。

他發揮了無與倫比的耐心，沿著塞納河跋涉到了海邊，再從海邊回到了塞納河畔，一步一腳印地來來去去，除非理論上證明他不可能蒐集到進一步的資料，否則他不會放棄任何一吋土地。

他仔細探查了蒙特維爾、聖羅曼、歐科特維爾、龔尼維爾和克里克朵這

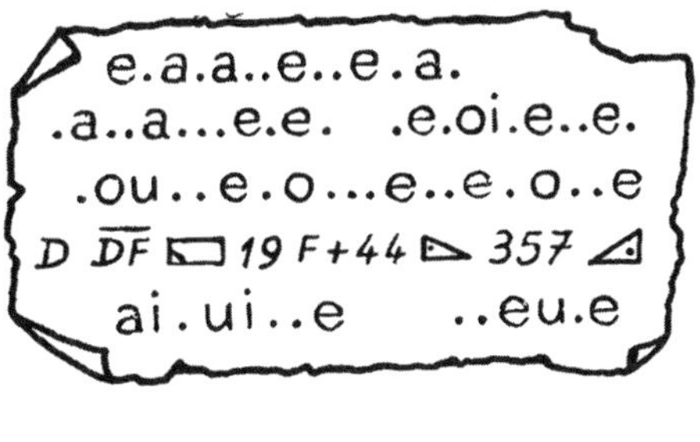

幾個大大小小的鄉鎮城市。

到了晚上，他會去敲農舍的門，詢問是否方便借宿。用過晚餐之後，他也會和主人一塊兒抽菸、閒聊，要求這些人說些藉以度過漫漫冬夜的故事。

通常他會不著痕跡地問：「針的故事呢？您知道空心針的傳奇嗎？」

「啊，這我就不曉得了……不清楚喔！」

「想想看嘛！有關小姐們的故事……或是和針有關的傳奇？」

他一無所獲，沒聽到鄉野傳奇，也沒有人記得。但是到了第二天，他還是興高采烈地上路。

這天，他來到聖居安這個美麗的臨海城市，沿著懸崖邊的大岩石往下爬到海邊。

接著，他爬上了平原，繼續往伯縕瓦懸谷、安提菲岬角和美景海灘的方向前進。他的心情愉悅，腳步輕盈，雖然有些疲倦，但是他興高采烈，全身充滿了活力！他高興到幾乎忘了羅蘋和空心針的祕密，忘了維克朵娃和福爾摩斯，全心全意地欣賞眼前綻放在陽光下的碧海藍天。

起伏的坡地和幾道看似羅馬古軍營遺跡的磚牆讓他十分訝異，接著，他又看到懸崖邊緣上一處突出又佈滿砂礫的岬角上有一座小城堡。小城堡的建築形式模仿古時候的碉堡，塔樓上有砲孔，還開著高高的哥德式窗戶，矮牆和鑄鐵欄杆之間有一道鐵門，擋住了狹窄的入口。

伯特雷費了一番工夫爬過鐵門。小城堡尖拱形的門上有道生鏽的鎖，門的上面有幾個字：**佛瑞佛塞堡壘**。

他不打算進到裡面，而是繞到了右邊，先走下斜坡，然後來到沿著稜線開闢出來的小徑上，小徑的兩側架有木製扶手。小徑盡頭是陡峭的岩石，下面就是大海，這塊岩石被人鑿出了個窄小的岩洞，當作崗哨之用。

洞窟的空間剛好足夠一個人站立，牆壁上刻了許多字。在面對陸地的這面石牆上有一扇方形的開口，透過這扇小窗戶，剛好可以看到三、四十公尺外佛瑞佛塞堡壘城牆頂上的砲孔。伯特雷放下行李，坐了下來。一天下來，他實在是累了，打算在這裡小憩片刻。

冷風吹進岩洞，伯特雷醒轉過來。他茫然地呆坐了一會兒，眼神渙散。他試著思考，喚醒依然遲鈍的頭腦。稍微清醒些的時候，他站起身子，突然間，他雙眼圓睜、全身戰慄，他看到了……。伯特雷緊緊握住雙手，髮梢冒出了豆大的汗珠。

「不，不可能……」他結結巴巴地說：「我在作夢，這是幻覺……這怎麼可能？」

他突然蹲了下來。花崗岩面的地上刻著兩個大小約莫有三十公分的字母。這兩個字母的雕刻方式雖然拙劣，但仍清晰可見。經過幾個世紀的洗禮，字母的邊緣已經風化，表面十分圓滑。這兩個字母分別是D和F。

D和F！多麼驚人的奇蹟！一個D和一個F，這不正是紙條上的字母嗎？而且是僅有的兩個字母！

啊！伯特雷根本不必拿出抄寫的紙條來比對，紙條上的第四行記號代表方法與指示！

他對這行記號太熟悉了！這些記號彷彿就印在他的眼皮上，刻在他的腦海裡！

他再次起身，走下坡道，沿著古堡邊緣往上走，攀過有刺尖的鐵柵門，快步朝向趕著一群羊穿過起伏高原的牧羊人走了過去。

「請問，那邊那個岩洞……岩洞……」

他的雙唇發抖，想要說話卻又說不出來。牧羊人驚訝地看著他。最後，他終於說：「對，岩洞……在堡壘右邊的那個岩洞有沒有名字？」

「當然有啦！埃特達⑤的人叫這個岩洞『小姐們』。」

「什麼？……什麼？……您說什麼？」

「喔，對啊，叫這個岩洞『小姐們的房間』。」

伊席鐸幾乎想跳上前去掐住這個牧羊人，彷彿所有眞相都貯存在這個人的身上，他只想立刻把眞相從他身上掏出來。

小姐們！這是紙條上他唯一能辨認的三個字眼其中之一！

狂風在伯特雷的腿邊呼嘯，越來越大的風勢從海面、從陸面襲捲而來，宛如一場風暴，將眞相拍打在他的身上……他懂了！他終於瞭解紙條的意義了！小姐們的房間……埃特達……

「這就對了，」他的思緒清晰，「不可能有別的解釋。我怎麼沒早點猜到呢？」

他低聲向牧羊人說：「太好了……您走吧，謝謝……」

目瞪口呆的男人對牧羊犬吹了聲口哨，轉身離開。

伯特雷獨自留了下來，隨即回到堡壘。就在幾乎快爬過鐵門的時候，他突然又跳了下來，靠在牆邊縮起身子，絞著雙手想：「我瘋了嗎？如果他看到我怎麼辦？如果他的黨羽發現我會怎麼樣？我已經在這附近徘徊一個小時了。」

他沒有移動，太陽沉了下去，暮色漸漸籠罩，四周的景象越來越朦朧。

這時候，他才趴下身子，輕巧地匍匐前進，爬到懸崖尾端的岬角。來到岬角之後，他伸手撥開眼前的草，把頭探出懸崖邊緣。

在他前方的海面上有一塊巨大岩石，高度與懸崖相當，大約有八十公尺，形狀就像個巨大的尖碑，寬大的花崗岩基座深入海中，尖端往上延伸，像極了海怪的巨牙。這塊岩石的顏色和懸崖一樣是骯髒的灰白色，醜陋又碩大的岩石外表上有燧石留下的橫向線條，看得出幾個世紀以來，歲月在上面留下了層層的石灰和成堆的卵石。

岩石上處處可見裂縫和凹穴，稍有些許土壤的地方，就會看到雜草葉片。

令人讚嘆的巨石看起來堅不可摧，就算是狂猛的浪頭或風暴，似乎也佔不了上風。儘管一側就是壯觀的懸崖峭壁，另一側是無際汪洋，巨石存在感十足的雄偉外觀絲毫不顯遜色。

伯特雷不自覺地將指頭插進了土裡，像極了準備攻擊獵物的野獸。他的眼神看穿岩石粗糙的表面——對他來說，這彷彿是岩石的外皮——看進了岩石的血肉。他用目光去接觸，去感受，去認識，去吞噬、消化。

暮色落下，海平面染上一層緋紅的色彩，停在天邊動也不動的雲朵像是在燃燒，這個景色讓人讚嘆，近海的環礁看起來猶如夢境，平原一片火紅，樹林閃耀著金色光芒，映照著血紅色的湖面，神奇的景致既熾熱又安詳。

藍色的天空越來越暗，只見金星放射出耀眼的光芒，慢慢地，其他的星星也含蓄地開始閃爍。

伯特雷突然閉起眼睛，痙攣似地將額頭緊緊靠向彎起的雙臂。就在那裡了，喔！他覺得自己喜悅到幾乎要斷氣，激動的情緒揪緊了他的心！就在那裡，就在埃特達針岩頂端的下方，在海鷗拍翅飛舞不遠之處，白霧從一處裂縫往上飄，針岩邊上似乎有柱看不見的煙囪，一抹輕煙冉冉飄進了寧靜的夜色當中。

譯註：

①參見《怪盜紳士亞森・羅蘋——獄中的羅蘋》。

②參見《怪盜紳士亞森・羅蘋——遲來的福爾摩斯》。

③參見《怪盜紳士亞森・羅蘋——神祕旅人》。

④參見《怪盜與名偵探——金髮女郎》。

⑤Étretat，又譯作埃特勒塔，諾曼第海岸地區，以象鼻岩著稱。

chapter 9

芝麻開門！

埃特達針岩是空心的！

這是天然景象嗎？是地殼內部變動所造成的，還是來自於長年的海浪侵蝕和雨水滲透所致呢？有沒有可能是居爾特人、高盧人或是史前老祖宗挖鑿的人工洞穴？這些問題顯然沒有答案。但是，這有什麼關係？重點在於針岩是空心的。

當地人稱爲「下游門」的宏偉拱形岩柱由懸崖頂端向海面延伸，就像株巨樹的粗大枝條一樣，往下伸展到海面下的岩石之間。大約在「下游門」的四、五十公尺之外，聳立著一座碩大的尖錐形石灰奇岩，而這座尖錐竟然只是海面上的尖頂空殼！

多麼驚人的發現！跟在羅蘋腳步之後，伯特雷也解開了這流傳了超過兩千年的謎團！過去，在異族橫行的古老年代裡，這個謎底對於知情者有無與倫比的重要性！這個神奇的謎底可以打開神話中獨眼巨人的洞穴，讓所有族人瞬間在敵人面前消失！這個神祕的謎底守護著神聖庇蔭地的大門！這個不可思議的謎底代表了權力，保障了優勢！

凱撒大帝知道謎底，所以能夠掌控高盧。諾曼第人知道謎底，因此在這塊土地上樹立了威望，然後引以爲據點，在日後征服鄰近的島國以及西西里島，並且更進一步地揮軍東方，將勢力拓展到了新世界！

英國歷代國王掌握了祕密，回過頭來羞辱法國，瓜分這塊土地，甚至選擇在巴黎加冕。然而當他們遺失了謎底之後，便潰不成軍。

法國歷代國王得知祕密，於是勢力與日漸增，將國土疆界越推越遠，逐步漸進地讓法國綻放出強國的光芒。一旦遺忘這個祕密，或是不知該如何使用，他們同樣得面臨死亡、流亡或毀滅的命運。

這個隱形的海中王國離地十法尋①！這座早已被人遺忘的堡壘比巴黎聖母院還高，基底的花崗岩面積不亞於市區的廣場，它的力量和安全無法言喻！從巴黎可以取道塞納河來到海濱，在這裡，還有哈佛港這個嶄新的重鎮。空心針岩就在距離哈佛港不到三十公里之外，不正好是個堅不可摧的庇護之地嗎？

這裡不但是庇護所，還是個理想的藏寶地。幾個世紀以來，歷代國王累積了鉅額的財富，在洞穴裡堆放著境內的黃金、從人民手中搜刮的財產、來自教會的寶藏，以及得自戰爭的掠奪品。古代和古法國的金幣、西班牙金幣、威尼斯金幣、佛羅倫斯金幣、英國金幣，再加上奇珍異寶、璀璨鑽石和珍貴的珠寶飾品，全都放在這裡！有誰會發現呢？針岩的祕密任誰都解不開，有誰會知道？絕對沒有人。

有，羅蘋就知道！

眾所皆知，羅蘋有超乎常人的行事手腕，然而沒有人能夠解釋他奇蹟式的行動，眞相也一直不見天日。儘管他機智過人，但這並不足以讓他對抗整個社會，他一定需要實質的後盾。此外，他還必須有個安全的退路，確保自己不會受到法律制裁，且有足夠的安寧來策劃行動。

除非以這座奇巖城來解釋，否則羅蘋就像個難以瞭解的神話，像個小說裡的人物，與眞實生活脫節。他掌握了祕密，而且是個非同小可的祕密！其實，他和大家一樣也只是個凡人，唯一的差別，在於他懂得靈活運用命運賜給他的大禮。

所以，這座針岩是空心的，乃是不容爭辯的事實。現在只差如何找到針岩的出入口。出入口一定在海上，這點無庸置疑。針岩的面海側一定有缺口，讓船隻可以在特定的潮汐時刻停靠。但是，面對陸地的這一側呢？

一直到夜裡，伯特雷仍然留在暗處，雙眼緊盯著金字塔般偌大的針岩，聚精會神地思考。

接著，他離開懸崖來到埃特達，選了間樸實的旅社入住，用過晚餐之後，他回到房裡，打開紙條。

到了這個階段，解讀紙條上的密碼對他而言就像遊戲一樣簡單。他立刻辨認出埃特達（Etretat）一字中，三個母音的順序和相關位置。完整的第一行密碼是：

e.a.a..étretat.a..

在**埃特達**之前會是什麼字呢？一定和針岩以及這個村莊的相對位置有關。針岩在左邊，也就是西側……他開始思索，突然想起在海岸一帶，居民稱來自西邊的風爲「下風」（vents d'aval），而且離針岩最近的拱門狀岩柱叫做「下游門」（porte d'Aval），所以，他寫下：

En aval d'Etretat.a..

第二行密碼中，他已經解開了「小姐們」（Demoiselles）這個字眼，一看到這一行密碼，立刻發現前面的字應該是「的」與「房間」，於是他完整地寫下兩行文字：

En aval d'Etretat（埃特達的下風處）

La chambre des Demoiselles（小姐們的房間）

他在第三行密碼花了比較多的心思，反覆地嘗試幾次之後，才想起在「小姐們的房間」不遠處還有一座佛瑞佛塞堡壘，於是，紙條上的密碼幾乎完全現形了：

En aval d'Etretat（埃特達的西側）

La chambre des Demoiselles（小姐們的房間）

Sous le fort de Fréfossé（在佛瑞佛塞堡壘的下方）

Aiguille creuse（空心針岩）

他找出了四句主軸，也是密碼的大意。隨著這四個句子的引導，先來到埃特達西側，進到小姐們的房間，然後想辦法進到佛瑞佛塞堡壘的下方之後，就可以到達針岩。

至於如何到達呢？那就得依循第四行密碼提供的方法與指示：

D DF̄ □ 19F+44 ▷ 357 △

這顯然是最特別的一行公式，透過這行指示，可以找出針岩的出入口以及路徑。

伯特雷立刻推論——他依據紙條作出合理的假設：如果陸地和針岩之間眞的有通道，那麼這條地道一定是從「小姐們的房間」出發，穿過佛瑞佛塞堡壘底下，由懸崖的高度垂直陡降一百公尺，然後再經過人工挖鑿的隧道來到空心針岩。

地道的入口在哪裡？D和F這兩個雕刻出來的字母清晰可見，這兩個字母是不是可以啓動某道巧妙的機關，指出入口？

第二天，伊席鐸花了一整個早上的時間在埃特達閒逛，四處攀談，想要蒐集一些有用的資訊。到了下午，他終於再次爬上懸崖。這回他喬裝成水手，過短的褲子加上海員的運動衫讓他更顯年輕，看起來就像個十二歲左右的大男孩。

一進到洞窟，他立刻跪在字母的前方。結果卻讓他大失所望，因爲不管他怎麼拍打推動，這兩個字母依舊紋風不動。沒過多久，他發現字母眞的不能動，因此也不可能啓動任何機關。可是……可是這兩個字母應該藏有某種意義吧！根據他在村裡詢問的結果，他發現沒有人說得出任何解釋，而諾曼第考古學家寇歇修士在關於埃特達的著作中，也曾經徒勞無功地想要解開謎題。但是伊席鐸掌握著寇歇修士沒有的祕密，也就是說，伊席鐸知道這兩個字母出現在紙條上，而且排列在代表「指示」的第四行密碼。這是個單純的巧合嗎？不可能的。那麼……

他突然冒出個念頭，這個想法既合乎邏輯又簡單，正確性不容置疑。D和F這兩個字母不就是紙條上最關鍵兩個字的縮寫嗎？這兩個字——再加上「針」——就是他應當遵循的指標：「小姐們的房間」和「佛瑞佛塞堡壘」。D代表「小姐」，F指的是「佛瑞佛塞」，這個關係太明顯，不可能是巧合。

如果他的想法沒錯，那麼接著他要面對的問題，是相連的DF代表「小姐」和「佛瑞佛塞」之間的關係，第四行行首單獨存在的D代表「小姐」，指示起點，單獨存在的F在這行密碼的中央，代表地道入口的可能位置。

在這行密碼當中還有兩個記號，第一個是不規則的長方形，左下角劃了一道斜線，另一個是數字十九，這個數字顯然指示如何由洞窟進入到堡壘。

這個長方形讓伊席鐸十分困惑。在他四周的牆面上，或是視線可及的範圍之內，有任何雕刻或四方形的記號嗎？

他找了很久，正當他打算放棄的時候，突然看到在洞窟岩石壁上挖鑿出來的小窗口。這扇小窗的四周恰好構成一個不規則但仍可辨識的長方形，當伯特雷將雙腳踩在地上D和F這兩個字母上的時候——這剛好可以解釋DF這組字母上方的橫線——他發現自己和窗戶一般高。

他站在這個位置上往外看。他稍早就已經知道這扇窗戶面對陸地，從這裡會先看到通往洞窟、兩側都是陡坡的小徑，接著會看到堡壘所在的山丘底部。伯特雷爲了要看到堡壘，於是把身子朝左邊靠，這時候他突然瞭解了密碼中長方形內側左下角那道弧線的意義：在這扇窗戶的左下角有一塊凸出來的燧石，燧石尾端像爪子一樣往下彎曲，看起來就像是個瞄準點。他把眼睛湊向瞄準點，被切割開來有限視線看到的是前方山丘的一小片斜坡，斜坡上幾乎只能看到佛瑞佛塞堡壘或古羅馬的城牆遺跡。

伯特雷跑向這堵牆，牆面約有十公尺寬，上面長滿了雜草和植物，但是不見任何指示。那麼，爲什麼會有「十九」這個數字呢？

他回到洞窟，從口袋裡掏出他帶在身上的一綑細繩和軟尺，然後將線頭綁在燧石上，又在十九公尺長的地方綁上一顆小石頭，朝陸地的方向拋出去。小石頭只能拋到小徑的盡頭。

「眞是笨透了，」伯特雷心想：「那個時代的測量單位怎麼會是公尺？一定是舊時的測量單位②。」

經過換算之後，他在細繩上三十七公尺長的地方打了個結，然後在古城牆上摸索，找出以「小姐們的房間」那扇窗戶爲出發點，然後往外延伸三十七公尺之後，應該要碰到佛瑞佛塞堡壘城牆上的哪一個位置。沒多久，他就找到了這個點。他一手拿著細繩，用空下來的另一隻手撥開長在城牆縫隙之間的毛蕊花葉片。

他突然喊出聲來。他用食指拉住的繩結，正好碰到石磚上浮雕的小十字記號上。

而紙條上，在數字「十九」之後就是一個十字記號。

他費了好大一番工夫才控制住心中興奮的情緒，然後急忙用僵硬的指頭握住十字記號往下壓，接著再像轉動輪軸一樣地轉動這個符號，磚頭跟著有了動靜。他施加雙倍的力氣，但是磚頭這時卻又不動。於是他不再轉動符號，而是直接往前推，並且感覺到磚頭鬆了開來。這時，彷彿有個栓子突然彈開，他聽到鎖頭啪噠一聲開啓，這塊磚頭右側的牆面開始轉動，出現了一道寬約一公尺的缺口，露出地道的出入口。

伯特雷瘋也似地一把抓住原來被磚塊遮住的鐵門用力一拉，立刻關上了門。驚訝、快樂，以及擔心發現意外驚嚇的情緒全交雜在一起，使得他的臉孔扭曲到幾乎難以辨認。他彷彿看到了驚恐的畫面：二十個世紀以來，解開謎底的人陸續來到這道門的前面，走進通道，這其中有居爾特人、高盧人、羅馬人、諾曼第人、英國人、法國人、王公貴族，而亞森・羅蘋就跟在這些人的身後……羅蘋之後，則是他本人——伯特雷！他只覺得腦袋一片空白，雙眼一翻昏了過去，往下滚落小丘的斜坡，一路跌到懸崖邊上。

*　*　*

伯特雷的任務結束了，至少，他能夠在有限資源下獨力完成的工作已經告一段落。

這天晚上，他寫了一封長信寄給巴黎警察總局的局長，毫無隱瞞地報告自己的調查結果，同時說出空心針岩的祕密。他要求警方提供協助以完成這項工作，並且寫下自己目前所在的地址。

在等待援兵的時候，他連續兩夜來到「小姐們的房間」裡。他害怕地度過這兩個夜晚，夜裡的風吹草動讓他心驚膽跳，不時覺得有黑影朝他接近。有人知道他在洞窟裡……有人來了……來謀害他……但是他的意志堅強，熱切的視線一直沒有離開過那道古城牆。

第一個晚上平靜地度過。但到了第二晚，他藉著星光和微弱的月色看到城牆上的門打了開來，幾條人影溜進了暗夜當中。他數了數，兩個、三個、四個、五個……

在他看來，這五個人應該揹了不少東西。他們直接穿過草地，走到通往哈佛港的馬路邊，接著伯特雷聽到汽車離開的聲音。

他沿著一座大型農場邊緣往回走。當他折回原路的時候，只來得及爬上斜坡躲在樹叢的後面，因爲這時候又有幾個人通過，四……五……這幾個人也同樣揹著不少東西。兩分鐘之後，另一輛汽車的引擎也轟隆隆地響了起來。這回，他沒力氣再回到洞窟去觀察，決定回去睡覺。

當他醒來的時候，旅社的侍者送了封信給他。他撕開信封，看到葛尼瑪的名片。

「終於來了！」伯特雷大聲地說。經過艱苦的獨自行動之後，他覺得自己眞的需要支援。

他跑下樓，伸出雙手表示歡迎，葛尼瑪握住他的手，盯著他看了好一會兒，然後說：「好孩子，眞是不簡單哪！」

「沒什麼，」他說：「不過是運氣好罷了。」

「想和他對決，沒有靠運氣這回事。」探長只要提起羅蘋就變得十分嚴肅，而且從來不直接說出他的名字。

葛尼瑪坐了下來。「這麼說，我們逮到他囉？」

伯特雷笑著說：「是啊，就像我們過去曾經逮過他不下二十次一樣。」

「對，但是這次——」

「的確，這次的情況不同。我們知道他的藏身之地，他的大本營在什麼地方，不過羅蘋終究是羅蘋。他可能逃脫，但是埃特達針岩卻跑不掉。」

「您爲什麼認爲他可能逃脫？」葛尼瑪焦急地問。

「您爲什麼覺得他有必要逃跑？」伯特雷回答：「我們沒有任何實據足以證明他此刻就在針岩裡。他有十一個手下在昨天晚上走出針岩，也許，他就是其中一人。」

葛尼瑪想了一下。

「您說得對。重點是，針岩是空心的，其他的我們只能聽天由命了。現在，讓我們好好聊聊吧！」他恢復原來的嚴肅語氣，高傲地說：「親愛的伯特雷，我奉命轉告，要請您切勿將這個案子的細節透露出去。」

「誰的命令？」伯特雷開玩笑地說：「警察局長嗎？」

「階層更高。」

「國會議長嗎？」

「更高。」

「天哪！」

「伯特雷，我直接從愛麗榭宮③過來的。這件事攸關國家機密，非同小可。我們不能大肆張揚針岩的祕密，這尤其和軍事戰略有關。這地方在將來有可能作爲軍需補給中心，抑或新型火藥或飛彈的軍火庫，誰知道呢，說不定會是法國的祕密兵工廠。」

「可是，我們怎麼可能藏得住這個祕密？過去單有國王一人知道這個地方，而現在已經有我們這幾個人曉得，更別提羅蘋的黨羽，他們也一樣知情。」

「我們總能隱瞞個十年，至少也有五年！有了這五年，說不定可以拯救——」

「可是，如果我們想取得這個據點——未來的軍火庫，那麼我們就得進攻，得先驅逐羅蘋。我們不可能暗地裡完成這項行動，而不讓任何人知道。」

「當然了，大家一定會去猜，但他們無從得知實情。再說，我們總得一試。」

「那麼，您有什麼計畫？」

「我簡單說明一下。首先，您不是伊席鐸・伯特雷，這件事也與亞森・羅蘋不相干。您是——這個身分得維持下去——埃特達本地男孩，在四處閒逛的時候撞見有人從地道裡走出。依您看，懸崖頂上應有一道階梯直通到底，對吧？」

「是的，沿著海岸就有好幾道階梯。比方說，有人告訴我最近的階梯就在貝努維爾前面，叫做『神父階梯』，游泳的人都知道這條路。除此之外，漁民還會使用到其他三、四條通道。」

「好，我會帶著一半人手跟您走。到時候，我們再看情況決定是我單獨進去，還是帶人一起進去。總之，我們這樣進攻。羅蘋若不在針岩裡，我們就設下陷阱，總有一天會逮到他。如果他在……」

「葛尼瑪先生，如果他在，他會從針岩的另一邊——也就是面海一側——逃脫。」

「如果這樣，我另外一半的屬下會立刻逮住他。」

「好，但是我假設你會選擇退潮的時候，也就是針岩底座露出水面時展開行動。這麼一來，我們的行動不可能隱密，因爲在周邊岩石附近捕魚、捕蝦、採淡菜和貝類的漁夫都看得見我們。」

「就是這樣，我才刻意選擇漲潮的時機行動。」

「在這種情況下，他會搭船離開。」

「而我呢，我會在海面安排十二艘漁船，每艘船上布置人手，讓他跑不掉。」

「假如他逃過了十來艘漁船的圍捕，成了漏網之魚呢？」

「眞要這樣，我就擊沉他的船。」

「那好！您準備好槍砲了嗎？」

「那當然！就在這個時候，哈佛港裡已經停了一艘魚雷艇。我只要撥通電話，魚雷艇就會依照約定的時間開到針岩附近。」

「羅蘋一定會很得意！爲他出動魚雷艇！好極了，葛尼瑪先生，我看，您已經做好萬全的準備，就只差動手了。我們什麼時候行動？」

「就在明天！」

「晚上嗎？」

「白天，漲潮的時候，十點整準時行動。」

「好極了！」

伯特雷表面上興高采烈，內心其實很焦慮，直到隔天都無法入眠，腦子裡想的盡是一個個難以實現的計畫。葛尼瑪稍早離開他，前往距離埃特達十多公里外的伊波爾去，為了謹慎起見，他和屬下約在這邊碰面，並且在這裡租了十二艘漁船，沿著海岸刺探敵情。

九點三刻，葛尼瑪帶著十二名精壯手下來到懸崖下的小徑和伊席鐸會面，一起登上懸崖。他們在十點整來到城牆前方，這是關鍵的一刻。

「伯特雷，你怎麼了？怎麼臉色發白？」葛尼瑪刻意用「你」來稱呼這個年輕人，語氣中帶著取笑的意味。

「你呢，葛尼瑪先生，」伯特雷回嘴：「你也看起來一副世界末日臨頭的樣子。」

兩個人不得不坐下來，葛尼瑪還灌了幾口蘭姆酒。

「我不是緊張害怕，」他說：「而是激動難抑！每回在這種快要逮到他的時候，我的腸胃就會翻攪個不停。要不要也來點蘭姆酒？」

「不了。」

「您留在這裡好嗎？」

「那我就死定了。」

「胡扯！我們看著辦好了。現在呢，開門吧！應該不會有人瞧見我們吧？」

「不會的。針岩比懸崖低，再說，我們剛好在地面凹陷的位置上。」

伯特雷走到牆邊，壓下磚塊，啓動了機械開關，地道隨之出現。他們藉著手上燈光看到地道內側的拱頂，拱頂和地面一樣鋪滿了磚塊。

他們走了幾秒鐘之後，立刻看到了階梯。伯特雷數了數，總共有四十五階鋪著磚塊的階梯，經過長年累月的踩踏，階梯中間都凹陷了下去。

「該死！」葛尼瑪突地停下腳步，扶著頭出聲咒罵，似乎撞到了什麼東西。

「前面有什麼？」

「一扇門！」

「糟糕，」伯特雷盯著門低聲說：「而且還不太容易破壞，是一整扇鐵門。」

「沒希望了，」葛尼瑪說：「門上連個鎖孔都沒有。」

「就是因爲這樣才有希望。」

「怎麼說？」

「有門就應該能開，如果門上沒有鎖，這表示一定有祕密開關。」

「我們哪兒知道是什麼祕密開關──」

「我馬上就會知道了。」

「您要怎麼知道？」

「紙條上有密碼！第四行密碼就是用來解決我們所遭遇的問題，而且，相對來說，方式還很簡單，因爲上面全寫出來了。這行密碼不是爲了找麻煩，而是提供方法。」

「相對簡單！我可不同意您的看法，」葛尼瑪打開紙條，大聲嚷嚷：「數字四十四，再加上個左邊有點號的三角形，我看是很難懂吧！」

「不會，不會的。您看看這扇門，這扇門的四個邊角均經過補強，都是用鉚釘固定住三角形的鐵片。試試看，您去動動左下角的鐵片和鉚釘……我們有九成的機會可以命中目標。」

葛尼瑪試過了之後，說：「您剛好命中剩下的那一成。」

「那麼，就應該是數字四十四了……」

伯特雷一邊思考，一邊低聲說：「好，葛尼瑪和我在這個位置，兩個人都站在最後一級階梯上……總共有四十五級階梯。爲什麼階梯有四十五級，密碼裡的數字卻是四十四呢？純屬巧合嗎？不可能。這整件事裡完全沒有任何巧合，至少，沒有未經設計的巧合。葛尼瑪，麻煩您回到上一級階梯上……好，就是這樣，請您不要離開第四十四級階梯。現在，我來轉動鐵片上的鉚釘。門栓應該要彈開來，否則我還眞摸不透……」

沉重的鐵門果然嘎吱一聲打了開來，門後是個相當寬敞的洞穴。

「我們現在應該位在佛瑞佛塞堡壘的正下方，」伯特雷說：「我們穿越了不同的地質層，這個洞穴壁面不需要鋪磚頭，是整塊的石灰岩。」

洞穴裡隱約有光線，光源來自洞穴本身的另一端。他們走近一看，發現原來是突出的壁面上正好有一道縫隙，形成一個猶如觀景台的缺口。壯觀的海中針岩就矗立在他們前方約莫五十公尺之外。「下游門」就在右邊不遠處，左邊遙遠的海灣盡頭，還有另一座更龐大的岩石拱門從懸崖往外優雅地延伸出去，那是「大岩門」，這座拱門的寬度足以讓船隻從中間通過。再繼續往外看，放眼只見一整片汪洋大海。

「我沒看到我們的漁船隊。」伯特雷說道。

「不可能看到的，」葛尼瑪說：「從埃特達到伊波爾的整道海岸線都被『下游門』遮住了。但是，您看看，遠遠的海面上有一道黑影……」

「怎麼樣呢？」

「那就是我們的戰艦，第二十五號魚雷艦。有了這艘船，羅蘋插翅難飛……除非他想親眼參觀海底下的景色。」

縫隙附近有一道扶手，這是另一處階梯的入口。一行人接著往下走，靠懸崖的壁面上偶爾會有挖鑿出來的小窗戶，從沿途每扇窗戶往外看，都可以看見巨大的針岩，感覺上針岩似乎越來越龐大。當他們來到將近海平面的高度時，壁面不再有窗戶，階梯一片漆黑。

伊席鐸大聲數著階梯，到了第三百五十八階之後，他們進入一條較開闊的走廊，這裡也有一扇用鉚釘和三角形鐵片補強的鐵門。

「我們已經知道這是怎麼一回事了。」伯特雷說：「紙條上的數字是三百五十七，三角形的點號在右邊，我們照辦就行了。」

第二道門和上一道門用一樣的方式打了開來。這次，他們看到一條長長的隧道。隧道內側的拱頂上間隔地掛著幾盞燈光照明，壁面上滲著水，一滴一滴的水珠滾落到地面，爲了方便通行，有人在地上架起了整排的木板通道。

「我們正在過海，」伯特雷說：「葛尼瑪探長，您不過來嗎？」

探長沿著木板通道走入隧道，先停在一盞燈的前面，然後伸手把燈取了下來。

「燈具可能是中古世紀的東西，但是照明設計卻是現代的。這夥人用的是白熱燈泡。」

他繼續往前走。過海隧道的盡頭是另一個寬敞的洞穴，進入洞穴之後，他們看到另一端有往上爬的階梯。

「現在，我們要爬上針岩了，」葛尼瑪說：「大家要謹慎一點。」

這時候，他的一名屬下喊住他：「長官，左邊還有另一道階梯。」

接著，他們立刻在右邊看到第三道階梯。

「該死了，」探長喃喃地說：「這下子情況複雜了。如果我們從這裡上去，他們一定會從另外一邊下來。」

伯特雷提議：「讓我們分散開來。」

「不，不行，這會削弱我們的力量。最好是先派個人去偵察。」

「如果您同意，我願意去——」

「那好，伯特雷，就派您去。我帶大夥兒留在這裡，這樣就不必擔心了。也許除了我們剛剛下來的階梯之外，還有其他的路徑可以走下懸崖或爬進針岩，但是過海隧道絕對只有一條。所以，不管是誰都得從這裡經過，我會守在這裡等您回來。去吧，伯特雷，要小心！如果有任何動靜，您立刻回頭。」

伯特雷踏上中間的階梯，很快地消失在裡面。往上爬了三十階之後，一扇木門擋住他的去路。他轉動手把，發現門並沒有鎖。

他走進一個非常寬大的房間，由於室內實在太大，使得高度相對顯得矮了些。幾支粗壯的柱子上都掛著燈，照得室內燈火通明，柱子間的寬敞空間幾乎和針岩的橫剖面一樣大。裡面除了成堆的箱子之外，還有不少家具、桌椅，以及大小不同的櫥櫃，簡直就像個古董店的儲藏室。伯特雷左右觀望了一下，在兩邊各看到一個階梯的出入口，毫無疑問，這兩座階梯絕對通向方才的小洞穴。他可以輕鬆地跑下去通知葛尼瑪。但是他看到面前還有一座往上的階梯，在好奇心驅使之下，他決定自己先繼續調查。

伯特雷往上爬了三十階，推開另一扇門，看到一個感覺上小一點的房間。在他的面前還有另一道往上爬的階梯。

再三十階，又是另一道門，接著是更小的房間……

這下，伯特雷明白空心針岩裡面的結構了。針岩內部有一層層的房間，越往上當然越狹窄，每一層房間都當作倉庫使用。

第四層房間沒有燈，些微的光線透過岩縫往裡面照，伯特雷看到十多公尺下方的海平面。

這時候，他才警覺自己離葛尼瑪似乎太遠，心裡開始害怕，他努力控制自己的情緒，不想拔腿就跑。裡面暫無危險，四周一片寧靜，讓他懷疑羅蘋和他的黨羽是否早就離開了這座空心針岩。

「再上一層樓就好。」他對自己說。

一樣又是三十級階梯，又見另一道門，這扇門比較輕，看起來也較新。他輕輕推開門，準備隨時轉身就跑。裡面照樣沒看見人影。但是這間房間和其他幾間的作用似乎不同，牆上掛了壁毯，地上鋪著地毯，還有兩座漂亮的大櫥櫃相對擺放，裡面放著精緻的銀製餐具。房間壁面深深的岩縫被拿來當作窗戶使用，窗上還鑲著玻璃。

房間正中央的大桌上鋪著蕾絲桌巾，幾只高腳盤上放著水果和蛋糕，玻璃酒瓶裡有香檳，花瓶裡插滿了鮮花。

桌上有三套餐具。

伯特雷靠近看，餐巾上放著寫好賓客姓名的名牌。

他先看到了「亞森・羅蘋」。

對面是「亞森・羅蘋夫人」。

他拿起第三張名牌一看，不禁嚇得跳了起來。這張名牌上寫的是他的名字：伊席鐸・伯特雷！

譯註：

① brasse，舊時水深單位，約一點六二四公尺。

② toise，一個單位約為一點九四九公尺。

③ Elysée，法國總統府。

chapter 10

法國國王的寶藏

一道帘幔拉了開來。

「日安哪，親愛的伯特雷，您遲了點，午餐本來是訂在中午的。不過反正只差了幾分鐘……怎麼了？您不認得我了嗎？我變了很多嗎？」

在對抗羅蘋的過程當中，伯特雷經常遭遇讓他驚奇的插曲，到了這決定性的最後關頭，他知道自己會經歷更多的情緒轉折，但是他完全沒料到這個衝擊。這不只是訝異，簡直讓他目瞪口呆，甚至是驚駭萬分。

現身在他面前的人物，這個讓他在經歷過一連串事件之後認定該是亞森・羅蘋本尊的男子，竟然是瓦梅拉斯！針堡的主人瓦梅拉斯！曾經應他之請，出手協助他對付亞森・羅蘋的瓦梅拉斯！和他在克羅頌並肩行動的瓦梅拉斯！瓦梅拉斯！這個爲了拯救蕾夢而出手——或是說，假裝出手——攻擊羅蘋共犯的英勇友人瓦梅拉斯！

「您……您……竟然是您！」伯特雷幾乎說不出話來。

「爲什麼不會是我？」羅蘋說道：「您以爲在欣賞過我易容成牧師或馬熙班之後，就能永遠認得我的面貌嗎？那您就錯了！一個人如果選擇了我這般社會地位，就得懂得一些社交才華。如果羅蘋沒辦法化身爲英國牧師或是純文學暨銘刻文字學院的院士，那麼身爲羅蘋有何用！伯特雷啊，羅蘋，眞正的羅蘋就在這裡！你，仔細看清楚。」

「但是這樣一來……如果眞的是您，那麼蕾夢小姐——」

「是啊，伯特雷，既然你都說了……」

他再次拉開帘幔，比劃手勢，大聲宣布：「這位是亞森．羅蘋夫人。」

「啊！」年輕的伯特雷雖然困惑，但還是喃喃地招呼：「聖維隆小姐。」

「不，不對，」羅蘋抗議：「要稱呼亞森．羅蘋夫人！如果您喜歡，也可以稱呼路易．瓦梅拉斯夫人，蕾夢是我名正言順的妻子，我們可是舉辦過嚴格的法定儀式。這還是您的功勞呢，親愛的伯特雷。」

他向伯特雷伸出手。

「我誠心感謝……還有，希望您不會懷恨。」

說來奇怪，伯特雷沒有絲毫恨意。他非但不覺得自己遭到侮辱，也沒感到痛苦。他甘拜下風，對手的才智確實遠勝於他，他回握住羅蘋的手。

「夫人，我們的午餐準備好了。」

一名僕人端來滿盤食物擺在桌上。

「請見諒，伯特雷，我的廚師正好休假，我們只能招待您用些冷盤。」

伯特雷一點胃口也沒有，但還是坐了下來，羅蘋的態度讓他大感興趣。他究竟知道什麼？他知不知道自己身陷險境？難道他不曉得葛尼瑪帶著手下等著他？

羅蘋繼續說：「是的，幸虧我有您這麼一個好朋友。當然了，蕾夢和我一眼就愛上了對方。眞的是這樣，孩子。綁架蕾夢、囚禁她等等，全只是幌子，我們眞的相愛。當我們能夠自由自在去愛對方的時候，不管是她或我都一樣，不願意讓這段感情受到命運擺布。對羅蘋來說，這是個無法解決的難題。但是，如果我回歸到從小沿用至今的身分：路易．瓦梅拉斯，情況會有所不同。因此，既然您不願意放棄追蹤，又找到了針堡，那麼我正好可以反過來利用您的這份固執。」

「還有我的無知是吧！」

「哈！換成任何人都一樣會中計。」

「這麼說，多虧有了我的掩護和協助，您才會成功？」

「對極了！瓦梅拉斯是伯特雷的朋友，而且還從羅蘋手中搶來他心儀的女子，怎麼可能會有人懷疑他是羅蘋？這個故事多迷人哪！啊，眞是段美好的回憶！克羅頌的冒險行動，送給蕾夢的花束，還有所謂的『怪盜』情書！接下來還有我瓦梅拉斯在婚禮前與我本尊，也就是羅蘋的對決！別忘了，那天您在慶功宴上還倒在我的懷裡！多精采的回憶啊！」

好一會兒，大家都沒開口。伯特雷偷偷觀察蕾夢，她靜靜地聽羅蘋說話，眼光裡充滿了愛意與熱情，但是年輕的伯特雷不知道該如何解釋她眼神當中的焦急和淡淡的哀傷。羅蘋轉頭看著蕾夢，她對他溫柔地微笑，兩個人隔著桌子牽起了手。

「伯特雷，你覺得我這個小窩如何？」羅蘋大聲說：「品味不錯，你說是嗎？我不敢說這裡有多舒服，但是，還算讓人滿意……滿意的人還眞不少呢！看看這串空心針岩主人的名單，這些人能把名字留下來，可是得意得很。」

岩壁上由上到下，刻了一長串的名字：

凱撒

查理曼

羅洛

征服者威廉

英王理查

路易十一
弗朗索瓦一世
亨利四世
路易十四
亞森・羅蘋

「接下來會出現誰的大名呢？」羅蘋繼續說：「可惜啊，名單就到此爲止了。從凱撒開始，到亞森・羅蘋就劃下句點。以後來這裡參觀的人，只會是一些無名小卒。想想看，如果沒有我羅蘋，這個地方恐怕永遠不爲人知！伯特雷啊，當我踏上這片被遺棄的土地時，你知道我有多麼驕傲嗎？我找出失落的祕密，成爲這個地方的主人，不但是唯一的主人，還承襲了這些無與倫比的遺產！繼歷代君王之後，住進了這座奇巖城！」

他的妻子做了個手勢，打斷他的話。她看起來相當激動。

「有聲音，」她說：「樓下有聲音，你們聽……」

羅蘋說：「不過是海浪的拍打聲而已。」

「不，不是的……我知道海浪會發出什麼聲音……這不一樣……」

「親愛的夫人，妳覺得那是什麼聲音呢？」羅蘋笑著說：「我只邀了伯特雷一個人來用餐。」

接著，他問僕人：「夏洛雷，伯特雷先生上來之後，你有沒有關上門？」

「有的，我把門全都鎖上了。」

羅蘋站了起來。「好了，蕾夢，妳別抖成這樣……啊！妳臉色怎麼這麼蒼白？」

他先和她低語兩聲，然後和僕人交代了幾句話，接著就拉起帘幔，讓兩個人出去。

樓下的聲響越來越清晰，聽起來像是沉重、規律的敲打聲。伯特雷心想：「葛尼瑪失去耐性，打算破門而入了。」

羅蘋沉著地繼續說話，彷彿當眞沒聽到聲響。

「比方說，當我發現針岩的時候，這個地方嚴重毀損！看得出從路易十六到大革命之後，起碼一整個世紀沒有人進來過。過海隧道半垮，階梯也幾乎粉碎，裡面全都在滲水，我費了好一番工夫加強和重建。」

伯特雷忍不住問：「您來的時候，針岩裡面是空的嗎？」

「差不多全空了。這些國王並沒有和我一樣，把針岩拿來當作倉庫用……」

「那麼是當作避難的場所囉？」

「是的，八成是如此，在敵人侵略或是內戰的時候當作避難所。但是這個地方眞正的用途，應該……我該怎麼說呢……應該是法國國王的金庫才對。」

敲打聲更猛烈了，而且比剛才更清楚。葛尼瑪應該已經敲破了第一道門，往第二道門進攻。

樓下先安靜了一會兒，但是接下來的響聲更接近了。那是第三道門，接下來只剩下兩道門。

伯特雷看到窗外有好幾艘船繞著針岩巡航，不遠處還有一條大魚的影子──那是魚雷艇。

「怎麼這麼吵！」羅蘋嚷嚷：「我都聽不見自己在說什麼了！我們上樓去好嗎？你也許想參觀這座針岩。」

他們來到樓上，這裡同樣有扇門，走進裡面之後，羅蘋隨手關上門。

「這裡是我的畫廊。」他說。

牆上掛滿了名畫，伯特雷一眼就認出名家的落款，其中有拉斐爾的《聖母彌撒禱告》、薩托的《費德像》、提香的《莎樂美》、波提且利的《聖母與天使》，還有丁托列多、卡巴喬、林布蘭和委拉斯奎茲的作品①。

「這些複製品眞美！」伯特雷讚賞地說。

羅蘋驚訝地看著他，驚喊：「什麼！複製品！你瘋了不成！親愛的朋友啊，複製品收藏在馬德里、佛羅倫斯、威尼斯、慕尼黑和阿姆斯特丹。」

「那麼，這些……」

「是眞跡，從歐洲各地博物館收集而來的，都是我用細緻的複製品，老老實實地一幅一幅去換過來的。」

「但是，總有一天──」

「總有一天，假畫會被發現是嗎？如果眞是這樣，他們在每幅畫上都會發現我的簽名——當然是在畫作的背後——大家會知道我把眞跡捐贈給我的祖國。畢竟，我只不過是重複了拿破崙在義大利的行徑罷了……啊！來，伯特雷，傑佛爾伯爵那四幅魯本斯的傑作在這兒……」

空心針岩裡，敲打聲仍然不絕於耳。

「我受不了了！」羅蘋說：「我們再往上走。」

伯特雷又看到另一道階梯和另一扇門。

「這裡是壁毯收藏室。」羅蘋宣布。

壁毯並沒有掛在牆上展示，而是捲起來綁住，上頭還貼著標籤。除了壁毯之外，這裡還放了不少捲古董織品，羅蘋拉開來一一展示，伯特雷欣賞到精緻的錦緞、細緻的絲絨、柔滑但褪色的絲綢，還有數不完的祭袍和金銀織錦……

他們繼續往上走，伯特雷看到鐘錶收藏室、藏書室——專門收藏從各大圖書館裡偷來的寶貴又獨一無二的珍藏古書，以及專門收藏蕾絲和專門擺放珍奇小玩意兒的房間。

每上一層樓，樓面的空間就越來越小，響聲也越來越遠。葛尼瑪並沒有佔到什麼優勢。

「最後一層樓，」羅蘋說：「是寶藏室。」

這間房間完全不同，挑高的圓形空間就像個圓錐體，這裡顯然是岩柱的最上層，地板的高度離針岩頂端約有十五到二十公尺。

室內面對懸崖的一側沒有窗戶，但是面海的一側呢，既然不必擔心有人會看進來，因此這個壁面上開了兩扇大窗，讓室內沐浴在明亮的光線之下，地板上鋪著稀有的木料，拼貼出同心圓的圖案，牆邊放了幾座玻璃櫃，也掛了幾幅畫。

「這些是我收藏當中的極品。」羅蘋說：「你之前所看到的東西均可待價而沽，只要有東西賣了出去，就會有新的進來，這個行業就是如此。但是在這間殿堂裡，一切都是神聖的，裡頭收藏的全是萬中選一的無價之寶。伯特雷，看看這些珠寶：古迦勒底的護身符、古埃及的項鍊、居爾特的手環、阿拉伯的鍊子……伯特雷，你再看看這些雕像：古希臘的維納斯女神，柯林斯的阿波羅神像……還有這些從希臘塔那格拉村出土的陶土人像！所有塔那格拉陶土人像的眞品都在這裡！除了這個玻璃櫃裡的人偶之外，世界上沒有別的眞品了。能夠說出這句話，是多麼令人喜悅啊！伯特雷，你記得專門在法國南部竊取教堂寶物的湯瑪斯一夥人嗎？——順道一提，他們是我的手下。這是從安巴札克偷來的聖人骨骸盒，這才是眞品，伯特雷！你記得羅浮宮的那件醜聞嗎？珍藏的王冠竟然是假貨，還出自當代藝術家之手呢，來，這頂才是眞正塞西亞國王的冠冕啊。伯特雷！你可要看好了，這些都是絕無僅有的藝術眞品，是大師的傑作、超脫凡人的作品。這幅《蒙娜麗莎的微笑》，才是達文西的眞跡。跪下吧，伯特雷，你眼前這幅畫代表了所有的女性！」

兩個人久久沒說話。樓下的敲打聲逼近了，葛尼瑪與他們只隔了兩、三扇門。

他們看到海面上魚雷艇黑色的影子，以及好幾艘來回穿梭的漁船。

伯特雷問道：「寶藏在哪裡呢？」

「孩子啊，你只對金銀財寶感興趣嗎？對你而言，這些人類在藝術上的極致成就難道稱不上寶藏，無法滿足你的好奇心嗎？所有的人都和你一樣！好，我會讓你滿意的！」

他用力踏著地板，一塊木板掀了開來，他拿起這塊盒蓋般的木板，露出底下一個圓形的岩洞。洞裡什麼也沒有。羅蘋移動位置，在稍遠的另一邊重複相同的動作，另一個岩洞隨之出現。裡面同樣是空無一物。他重複了三次，結果都相同。

「嚇！」羅蘋冷笑：「眞是何等失望哪！在路易十一、亨利四世和李希留主政的時代，這五個洞穴應該裝得滿滿的。但是你想想路易十四，想想他在凡爾賽宮的奢華浪費，再想想戰爭和錯誤施政帶來的毀滅！別忘了路易十五和他的情婦龐巴杜夫人、巴利夫人！他們就是這樣將所有的金銀財寶揮霍殆盡！用貪婪的指頭挖出每一顆寶石！你瞧，什麼都不剩了……」

他頓了一下，然後說：「還有，伯特雷，第六個洞穴裡仍有些東西留了下來！這些資產是他們冒犯不得的，也是最珍貴的財富……這麼說吧，算是積穀防飢之用。伯特雷，你來看看！」

羅蘋彎腰掀起木板蓋，下面的洞穴裡有一個鐵盒，他從口袋裡掏出一把齒槽複雜的鑰匙開啓。盒子裡的寶藏璀璨奪目，貴重的寶石迸發出閃亮的光澤，藍寶石湛藍耀眼，紅寶石火光燦爛，祖母綠蒼翠透亮，黃寶石猶如陽光般豔麗。

「小伯特雷，你瞧瞧，他們散盡了金幣和銀幣，花光了所有的西班牙金幣和威尼斯金幣，但是這個裝著寶石的盒子仍然原封不動！你看看這些鑲嵌工法，這些珠寶來自不同的時代和國家，全是歷代皇后的嫁妝，蘇格蘭的瑪格麗特、薩瓦的夏洛特、英格蘭的瑪麗、麥第奇家族的凱瑟琳，還有奧地利的愛蓮諾、伊麗莎白、瑪麗亞泰瑞莎、瑪麗・安東妮幾位公主，每位皇后各有奉獻。伯特雷，你看看這些珍珠！這些鑽石！看看這些鑽石有多大，每一顆鑽石都足以匹配皇后的身分地位！連『攝政王鑽石』②都難以比美！」

羅蘋站起來，舉起手彷彿在發誓：「伯特雷，你去告訴世人，我羅蘋沒有拿走任何一顆皇室珠寶盒裡面的寶石，我發誓一顆都沒動！我沒有權利，因爲這些全是法國的國寶。」

樓下，葛尼瑪的速度越來越快了。由敲打聲的回音聽來，不難猜出他們就在最後兩扇門之外，也就是在擺放珍奇小玩意兒的房間外面。

「我們就讓盒子打開來吧，」羅蘋說：「還有所有的小洞穴也都開著，這些空無一物的寶庫……」

他在寶藏室裡繞了一圈，檢視幾個玻璃櫃，欣賞幾幅畫作，似乎邊走也邊在沉思。

「留下這些東西，實在令人難過啊！眞是痛苦！我生命中最美好的歲月就是在這裡度過的，孤單一個人面對心愛的收藏……往後，我再也看不見、摸不到這些東西了。」

他的臉上流露出極度疲憊的表情，讓伯特雷看了都感覺到不忍。這個男人對痛苦的感受比平常人來得強，同樣的，他對喜悅、驕傲和羞辱的反應一定也是如此。

羅蘋來到窗邊，伸手指著海平面，說：「最讓我傷心的是這個，我得放棄眼前的景象。很美吧？一望無盡的大海和天空……左右兩邊就是埃特達的懸崖和三座岩石拱門：『上游門』、『下游門』和『大岩門』，有這麼多道凱旋門在這塊寶地迎接主人，而我就是主人！冒險之王！奇巖城之王！這是個奇特又超乎自然的王國！從凱撒大帝延續到亞森・羅蘋……這是多麼不平凡的際遇！」

他放聲大笑。

「神話國度之王嗎？爲什麼呢？何不乾脆說是伊佛多之王！眞是天大的笑話！應該說是世界之王！從針岩的頂端出發，我可以駕馭全世界！世界在我的指掌之間！伯特雷，你把那頂塞西亞國王的冠冕拿起來，你看到下面放著兩支電話，右邊那支有專線接巴黎，左邊通倫敦，也是專線。透過倫敦我可以接通美國、亞洲和澳洲！這些國家裡有我的辦公室分部，有代理人、有專爲我工作的掮客，還有我的耳目，這是個國際化的買賣事業，我掌控了最具規模的藝術品和古董市場，全球化的市集！啊，伯特雷！有時候，權力會讓我失去理智，影響力教我沉迷……」

葛尼瑪和他的手下又攻破了一扇門，樓下傳來人員奔跑和搜尋的聲音。一會兒之後，羅蘋用低沉的聲音繼續說話：「而現在呢，一切都結束了。一位年輕女郎走進了我的生命，她有一頭金髮、一雙美麗卻哀傷的眼睛，以及正直善良的靈魂——沒錯，就是正直善良。於是，一切要結束了，我要親手摧毀這座雄偉的針岩。我只在乎她的髮絲、她哀傷的眼眸和她純潔的靈魂，其他荒唐的一切相形下似乎都無所謂了……」

樓下的一群人馬衝上階梯，開始敲門，這是最後一道門了……羅蘋突然抓住伯特雷的手臂。

「伯特雷，你懂嗎？這幾個星期以來，我曾經有無數次機會能毀掉你，爲什麼還要爲你留下這麼大的空間？你知道自己是怎麼走到這一步的嗎？你總該明白，那天晚上你在懸崖上看見的全出於我的安排，是我吩咐手下揹著東西出去吧？你都了然於胸，對不對？空心針岩就是一場冒險，只要這座奇巖城還屬於我，我仍是大冒險家；當他們收回了奇巖城，就代表我揮別了過去。我要走向未來，一個和平幸福的未來，當蕾夢看著我的時候，我不再有所羞愧……」

他憤怒地轉身，對門口大喊：「你給我安靜點，葛尼瑪，我還沒說夠！」

敲打聲越來越急促，聽起來像是有人拿著柱子撞門。伯特雷站在羅蘋的面前，既好奇又迷惑，他不知道羅蘋打什麼主意，只能等著看後續的發展。他打算交出這座針岩，沒錯，但是何必親自出馬？他究竟保留了什麼計畫？他以爲自己躲得過葛尼瑪嗎？而且，蕾夢此刻又在什麼地方呢？

這個時候，羅蘋仍然一邊沉思，一邊低語：「正直、清白……正直的亞森・羅蘋……不再行竊，過著和世人一樣的生活。這沒什麼不好，我沒道理無法適應，但是……你給我安靜，葛尼瑪！你這個蠢蛋，難道你不知道我正在發表歷史性的演說，好讓伯特雷傳述給後人聽嗎？」

他笑了出來。「我這分明是在浪費時間，葛尼瑪哪裡懂得我這番歷史性演說的用處。」

他拿起一塊紅色粉土，踩著小梯凳在牆壁上寫下幾個大字：

亞森・羅蘋願意將奇巖城內的寶藏悉數獻給法國，唯一的條件是這些寶藏必須收藏於羅浮宮，並且將展出這批寶藏的展覽室命名為「亞森・羅蘋展覽廳」。

「好，」他說：「現在呢，我可以對得起自己的良心了。我和法國互不相欠。」

進攻的警方用盡力氣敲打，門上一塊木板裂成了兩截，有人伸進了一隻手摸索門鎖。

「意外啊，」羅蘋說：「葛尼瑪總算成功了一次。」

他衝向門邊，拔出插在鎖孔上的鑰匙。

「用力點，老傢伙，這扇門很堅固的。我還有充裕的時間。伯特雷，我要向你道再會了……還有，謝謝！真的，多虧了你，否則攻堅行動不會這麼複雜。你這孩子真是討人喜歡哪！」

他一邊說話，一邊靠向一幅凡・德・威登③以三王朝聖爲主題的三連畫。他闔上右側的畫像，露出後面一扇小門，然後握住門把。

「好好打獵啊，葛尼瑪，還有，代我問候你的家人！」

一記槍聲響起，羅蘋往後退了一步。

「嚇，好傢伙！正中紅心哪！你去上了槍擊訓練課程嗎？你打中朝聖三王其中一個王的心臟啦！轟成碎片了……」

「羅蘋，你給我乖乖投降！」葛尼瑪大聲斥喝，他的手槍穿過碎裂的門板指向室內，從門上這個裂縫，還看得到他炯炯有神的雙眼。「投降，羅蘋！」

「老警衛投降了嗎？」

「你如果敢輕舉妄動，我就轟了你……」

「算了吧，你從那裡打不中我的！」

事實上，羅蘋已經移動了位置。透過門上的裂縫，葛尼瑪只能瞄準自己的正前方，羅蘋這時卻站在他的瞄準範圍之外。這個情況並非太理想，因爲羅蘋準備用來逃脫的出口，也就是三連畫後方的小門，正好面對著葛尼瑪。企圖逃亡，就等於把自己送到老探長的槍口下……況且手槍裡還有五發子彈。

「該死了！」羅蘋笑著說：「百密一疏啊，羅蘋，你打算風風光光退場，結果耍過頭了。早知道，就別那麼多話。」

他貼向牆壁。在警方的敲打下，另一小片門板也破了，葛尼瑪的活動範圍越來越不受限制。這兩個死對頭之間的距離最多不超過三公尺，但是羅蘋的前方還有一座鑲嵌金色木板的玻璃櫃。

「伯特雷，動手幫忙啊，」老探長氣得齜牙咧嘴，「別光盯著他看，開槍啊！」

伊席鐸沒動作，他像個入迷的旁觀者，還沒決定靠向哪邊。他想要加入警方的陣容戰鬥，逮捕這個猶如他囊中之物的獵物，但是他心裡有另一種難以形容的感覺，阻止了他的行動。

葛尼瑪的一番叫囂點醒了他，他伸手探向手槍的把手。

「如果我幫助警方，」他心想，「那羅蘋就完了……但我應該這麼做，這是我的責任……」

他和羅蘋四目相望。羅蘋的眼神冷靜又專注，還帶著好奇，似乎在這個生死攸關的情況下，他只關心年輕人內心的道德掙扎。伊席鐸會不會放過落敗的敵人？這時，整扇門由上到下裂了開來。

「動手，伯特雷，我們圍住他了！」葛尼瑪大聲怒吼。

伊席鐸舉起手槍。

接下來的發展過於迅速，伊席鐸只來得及看到結果。他看到羅蘋彎下身子沿著牆邊跑動，然後擦過門邊，葛尼瑪只能徒勞無功地揮舞著手上的槍枝。接著，他突然覺得有一股擋不住的力量將自己舉了起來。

羅蘋高舉著伊席鐸當作擋箭牌，自己躲在後面。

「我有九成把握能逃得掉，葛尼瑪！你瞧，羅蘋總是找得到方法……」

他迅速地往後退向三連畫的位置，一手環住伯特雷的前胸，另一手推開門，走進門內之後立刻將門關上。他得救了！他們眼前出現了一道陡峭的階梯。

「走吧，」羅蘋把伯特雷推到他的身前，「陸軍被徹底擊潰，我們現在把注意力放在法國軍艦上吧！滑鐵盧陸戰結束之後，現在來到特拉法加的海上攻防了……孩子，你看看國家的錢花得值不值得……哈！眞好笑，你聽，他們現在正在敲打三連畫……孩子們，太遲了！動作快點，伯特雷！」

這道階梯是沿著針岩的壁面開鑿出來的，螺旋狀地繞著整座尖錐形岩柱往下轉，像是道滑梯。

羅蘋頻頻催促伯特雷，兩個人三步併作兩步地往下跑。樓梯間的牆面偶爾出現幾道縫隙，光線照了進來，伯特雷瞥見幾艘漁船在約莫二十公尺外的海面上巡行，黑色的魚雷艇也在不遠之外……

他們不斷地往下跑，伊席鐸不發一語，而羅蘋仍然精力旺盛。

「我眞想知道葛尼瑪正在忙什麼，他是不是想從其他階梯下來，然後在過海隧道的入口處攔住我呢？啊不，他沒那麼笨，他應該會留下四個人，四個人就夠了。」

他停下腳步。

「你聽……他們在上面喊……這就對了，他們打開窗戶呼喊船隊，你看看，船上的人員開始跑動，他們在互相打信號，魚雷艇也開始移動了……好個魚雷艇！我曾拜見過，我知道是從哈佛港開過來的……砲手就位……嘿！艦長出來了，日安啊，杜奎圖安！」

他將手伸出縫隙外，揮舞手帕，接著又繼續往下走。

「敵方船隊準備就緒，」他說：「登陸時間迫在眉睫。天哪，簡直是太好玩了！」

他們聽到下方傳來說話的聲音，這時他們已經接近海面的高度，並且很快地進入了一個寬敞的洞窟裡。黑暗當中，有兩盞照明的燈光前後移動，一道黑影冒了出來，有個女人衝向羅蘋的懷裡！

「快，快點！我急死了！你在做什麼？怎麼，你不是一個人下來？」

羅蘋安慰她：「是我們的好朋友伯特雷呀！妳知道嗎，這個好朋友眞貼心，我等會兒再說給妳聽，現在太趕了。夏洛雷，你在嗎？……好，船呢？」

夏洛雷回答：「船已經準備好了。」

「發動！」羅蘋說道。

不一會兒，引擎聲轟隆隆地響了起來，伯特雷逐漸適應了洞窟裡陰暗的光線，發現他們正站在水邊一處像是碼頭的地方，面前還停著一艘小船。

「這是艘動力平底快船，」羅蘋爲伯特雷補充說明：「嗄？你驚訝嗎？伊席鐸啊……你還不懂嗎？你看到的不過是海水罷了。每次漲潮的時候，海水就會滲進洞窟裡，就是這樣，我才會有這個安全的私人小碼頭。」

「但是這裡是封閉的，沒有出口，」伯特雷反駁羅蘋：「沒有人可以進來，也沒人出得去。」

「我就可以，」羅蘋說：「而且我會證明給你看。」

他先帶蕾夢上船，接著回頭接伯特雷。

伯特雷猶豫不決。

「你害怕嗎？」羅蘋問。

「怕什麼？」

「怕被魚雷艇擊沉？」

「不是。」

「那麼，就是你在自問是否該留下來和葛尼瑪，和司法、社會、道德站在同一陣線，而不是選擇羅蘋，選擇不名譽、邪惡和屈辱？」

「正是如此。」

「太不幸了，孩子，你別無選擇。以眼前這個情況來看，我們必須讓大家以為我們兩個都死了，這樣我才不會被人打擾，才有機會做個正直清白的人。過一陣子，我會放你自由，讓你暢所欲言……到時候，我再也沒什麼好擔心的了。」

從羅蘋緊抓著伯特雷手臂的方式看來，他知道自己不必試圖反抗。再說，他何必反抗？不管之前發生過什麼事，這個男人帶給他莫大的影響，他的好意難以抗拒，難道他沒有權利選擇接受嗎？他清楚自己心裡的感覺，這讓他差點想說出：「聽著，還有更危險的處境等在前面，福爾摩斯也加入了追蹤的行列……」

他還沒來得及決定是否該開口，羅蘋就對他說：「走吧！」

他聽從羅蘋的指示來到船邊，驚訝地發現這艘船的外觀十分奇特，和他想像的全然不同。

他們一上了船，立刻沿著陡峭的樓梯往下走，與其說是樓梯，還比較像座梯架。梯架和一個艙口蓋相連，他們一進去，艙口蓋便關了起來。

梯子下方的空間有一盞明亮的燈光，蕾夢在這裡等著羅蘋和伯特雷，這個異常狹小的空間正好足夠讓三個人一起坐在裡面。羅蘋拿起一個話筒，然後下達命令：「上路吧，夏洛雷！」

伊席鐸開始覺得不舒服，這種感覺就像搭乘電梯往下降，腳下的地面逐漸消失，似乎進入了一片空無當中。不同點在於這一回逐漸散去的是海水，空洞的感覺逐漸包圍上來……

「哈，我們下沉了是吧？」羅蘋用嘲笑的語氣說：「別擔心，我們只是要從目前所在的上層洞窟下降到最下層的小洞窟，那裡有個缺口通向大海，退潮的時候可以進出。所有在這附近撈捕貝類的漁民都知道……啊！我們停了十秒鐘！……我們現在要通過缺口……這個缺口很窄，剛好只能容納潛艇的寬度──」

「可是，」伯特雷問道：「能夠進到下層小洞窟的漁民怎麼不曉得洞窟的頂上被人鑿空，和上層洞窟相連，而且在上層洞窟還有樓梯可以爬進針岩裡呢？進來的人應該都能看到才對啊！」

「你錯了，伯特雷！大家都進得來這個小洞窟，但是洞窟的圓頂在退潮的時候是封閉的，洞頂其實是個顏色和岩石相仿的活動圓頂，藉由上升的海水來推動，而退潮的時候，活動頂會再次緊密地蓋住小洞窟。這就是爲什麼我在漲潮的時候才能通過的原因……這個設計很精密吧！這可是區區在下我自己的構想！……的確，不管是凱撒大帝或是路易十四，在我之前的歷任針岩主人都不可能擁有潛水艇。光是能走樓梯下到小洞窟來，他們就已經夠滿意了。而我呢，我打掉了最後一段樓梯，想出這個活動圓頂的方式。這是我送給法國的禮物……蕾夢，親愛的，麻煩妳關掉身邊的燈，我們現在用不上，而且正好相反，我們必須保持隱密。」

當他們出了小洞窟之後，海藍色的陰暗光線便透過船艙的兩個小舷窗照了進來，此外，艙頂也還有一處透光的天窗，以便觀察上方水面的動靜。

突然間，有個黑影從他們上方通過。

「他們馬上就要進攻了。敵軍的船隊包圍住針岩……但是我實在不知道他們要怎麼進入空心針岩的內部。」

羅蘋拿起話筒說：「夏洛雷，別浮上水面……你問我們要去哪裡嗎？我來告訴你，到羅蘋港去，全速前進，懂嗎？要漲潮再登陸，船上有女士呢！」

他們經過了佈滿岩石的海底。長長的海草直立在水下，像極了黑色的植被，這些海草隨著海流優雅擺動，彷彿髮絲一樣飄動伸展。

一道比方才更長的黑影通過他們的上方。

羅蘋說：「是魚雷艇，馬上就要槍砲聲大作了。杜奎圖安想做什麼？轟炸針岩嗎？伯特雷，你想想看，我們錯過了杜奎圖安和葛尼瑪大對決的好戲！這會是一場精采的海陸大戰！嘿，夏洛雷，別睡著了！」

在這個時候，潛艇依然快速前進。經過了一片沙底之後又進入另一片岩石區，他們來到了埃特達最右側的「上游門」。潛艇一接近，海裡的魚紛紛四散游開，但是其中有一尾大膽的魚兒靠在舷窗邊，大大的眼睛直盯著他們看。

「時間算得眞準，」羅蘋大聲說：「我們走得正是時候。伯特雷，你覺得我這艘黑殼潛艇怎麼樣？不錯吧？你記得紅心七事件④嗎？工程師拉襄伯死於非命，我在懲罰了凶手之後，把新式潛艇的文件和藍圖交給了國家——又是送給法國的禮物。呃，其實，我留下其中這艘下潛式動力平底快船的藍圖，也就因爲這樣，你才有榮幸陪我一起搭船……」

他呼叫夏洛雷：「上升吧，安全了……」

他們浮上水面，玻璃天窗整個露了出來。他們離海岸大約有一海里的距離，因此望不見海岸。伯特雷這時候才發現他們行進的速度快得嚇人。

他們先經過費康，接著是一連串的諾曼第沿海城市：聖皮耶、伯地達、沃雷特、聖瓦萊、佛爾和吉貝維爾。

羅蘋沿途說笑，伊席鐸放任自己盯著他看，聽他說話。這個男人雀躍的心情、孩子氣的表現、不經意的嘲諷，以及對生命的熱愛，著實令人著迷。

他同時也偷偷觀察蕾夢。這名年輕女郎依然安靜，緊緊靠在愛人身邊。她握著羅蘋的手，不時抬起眼睛望著他，有好幾次，伯特雷發現她的雙手略顯僵硬，眼底的憂傷也似乎更加深沉，似乎在無聲地回應羅蘋的俏皮話。伯特雷看在眼裡，感覺到羅蘋風趣的言語和嘲諷的見解，似乎讓她感到痛苦難受。

「別再說了，」她喃喃地說：「你這是藐視命運……我們還會遭遇到許多的折難！」

接近迪耶普港的時候，爲了不讓漁船發現，他們只好再次下潛。二十分鐘後，他們斜斜地切向海岸，岩石之間有一道不規則的缺口，潛艇進入這處水下碼頭，停靠妥當之後才慢慢地升上水面。

「羅蘋港到了！」羅蘋大聲宣布。

這個地方離迪耶普大約有二十公里，距離特列港大約十五公里，左右兩側都有坍塌的懸崖作爲屏障，人煙罕至，旁邊窄小的海灘斜坡上則佈滿了細砂。

「上岸去，伯特雷！蕾夢，手伸過來……夏洛雷，你回針岩去看看葛尼瑪和杜奎圖安在做什麼，晚上回來這裡報告。我眞想知道這件事的後續發展！」

伯特雷正在納悶，猜想他們要怎麼離開這個稱之爲「羅蘋港」的封閉小海灣之時，他看見懸崖底部靠著一座鐵製的梯子。

「伊席鐸，」羅蘋說：「如果你的歷史和地理都學得不錯，那麼你應當知道我們現在是在畢維爾鎮的帕豐瓦隘口。在一個多世紀之前，也就是一八〇三年的八月二十三日晚上，喬治・卡杜達爾帶著六名手下在這個地方上岸，企圖綁架當時還是首席執政的拿破崙，一會兒之後，我會帶你看他當時走過的小徑。日後，坍塌的岩壁毀損了這條路。但是瓦梅拉斯——他另一個廣爲人知的名號是亞森・羅蘋——自掏腰包修復這條道路，還買下當年卡杜達爾上岸後度過第一夜的訥維列特農莊。羅蘋金盆洗手，遠離凡塵之後，就是要和母親及妻子住在這個地方，過著受人敬仰的鄉紳生活。怪盜紳士離開人世，農莊鄉紳萬歲！」

爬上階梯之後視野突然變窄，這是一道由雨水侵蝕切割出來的狹窄山溝，有人在溝壁上架設了一座扶梯。羅蘋爲伯特雷說明，階梯兩側以木樁固定住的長繩索，目的是讓當地居民方便走到下方的海岸地帶。往上爬了半個小時之後，他們來到一片平原。不遠處的地面有個土洞，這是海岸稅務人員的藏身處。果然，就在他們一轉進小徑的時候，一名海關稅務人員立刻冒了出來。

「沒事吧，戈梅？」羅蘋問道。

「沒事，頭子。」

「沒看到可疑的人？」

「沒有，頭子……只是……」

「怎麼了？」

「我的妻子……就是訥維列特的裁縫師——」

「我知道，西莎琳……有什麼問題嗎？」

「她在今天早上看到有個水手在村裡頭閒逛。」

「這個水手長什麼樣子？」

「長相不太自然，有張英國佬的臉。」

「啊！」羅蘋擔心起來，「你有沒有要西莎琳——」

「張大眼睛觀察？有的，頭子。」

「很好！注意一下，夏洛雷大約再過兩、三個小時之後會回來。如果有事，你們可以到農莊找我。」

他繼續前進，一邊對伯特雷說：「這件事讓我不太安心，會不會是福爾摩斯？如果眞是他，以他目前這種憤怒的心情，我還眞有些擔心。」

他猶豫了一下。

「我們是不是該回頭呢？嗯，我有種不好的預感……」

前方是大片一望無際的起伏平原，靠左邊有成排的樹木，再過去就是訥維列特農莊，伯特雷看到了農莊的屋舍。這就是羅蘋爲自己準備的藏身地，也是他答應蕾夢的退隱之處。他會不會爲了一個毫無根據的預感，放棄近在眼前即刻可以實現的幸福人生呢？

他握住伊席鐸的手臂，要他看著走在他們前面的蕾夢。

「你看看她。她走動的時候搖曳生姿，我每次看到，都會感受到心底湧現的悸動……但是，讓我感動的不只是愛情或是她的一動一靜，同時還有她的靜默和她的話語。你知道嗎？我光是踩在她的足跡上，就有幸福的感受。伯特雷啊，會不會在哪一天，她能夠忘記我曾經是羅蘋？我能不能抹去她所厭惡的記憶？」

他控制住自己的情緒，信誓旦旦地說：「她會忘記的！她會忘記，因爲我爲她犧牲了一切。我放棄了百攻不破的奇巖城，放棄我的寶藏、我的勢力，放下我的驕傲。我拋棄了一切，什麼都不想，只想當她所愛的男人，一個清白、正直的男人，因爲她只能愛這樣的人。更何況，我爲什麼不能當個正直的人？這不比其他事業來得可恥……」

他不經意地喃喃自語，嚴肅的語氣中聽不出任何一絲嘲諷。他壓抑狂暴的情緒繼續低聲說話：「你知道嗎，伯特雷，我在冒險生涯中得到的任何縱情快意，都比不上她看著我的眼光……讓我覺得自己好脆弱，掩不住想哭的衝動……」

他在哭嗎？伯特雷覺得羅蘋的雙眼似乎泛著淚光。羅蘋竟然爲了愛情落淚！

他們來到了農莊古舊的大門邊。羅蘋停下腳步，結結巴巴地說：「我爲什麼會害怕？……我好像有點喘不過氣來……空心針岩的事件還沒落幕嗎？難道命運不願意接納我所選擇的道路？」

蕾夢焦急地轉過身來，說：「是西莎琳，她跑過來了……」

正如她所言，海關稅務員的妻子從農莊狂奔過來。

羅蘋衝向前去，急切地問：「發生什麼事？怎麼了？快說啊！」

西莎琳喘著氣，幾乎說不出話來：「有個男人……我看到有個男人在客廳裡。」

「是今天早上那個英國人嗎？」

「對……但是他換了個打扮……」

「他看到妳了嗎？」

「沒有，但是他看到您的母親。就當他要離開的時候，瓦梅拉斯夫人剛好撞見他。」

「然後呢？」

「他說，他要找路易．瓦梅拉斯，自稱是您的朋友。」

「所以呢？」

「所以，老夫人說她的兒子外出旅行……已經好幾年了……」

「結果他離開了嗎？」

「沒有。他對著面向平原的窗外比劃手勢，好像和什麼人打信號。」

羅蘋似乎在猶豫。這時，他們聽到了一聲尖叫。蕾夢顫抖地說：「是你母親……我認得出來……」

他衝到她身邊，激動地將她拉到一邊。「走……我們快跑……妳先走……」

但是他立刻停下腳步，狂亂地說：「不，我不能這麼做……這樣做太惡劣。原諒我，蕾夢……那個可憐的女人在那裡……妳留下來……伯特雷，你別把她一個人丟在這裡。」

他衝下農莊邊的斜坡跑過去，轉過一個彎，奔向農場面對平原的柵門……伯特雷沒來得及阻攔蕾夢，蕾夢幾乎同時也跑到了柵門口。伯特雷隔著樹木瞧見由農莊通往柵門的小徑上有三個男人，爲首的人身材高大，另外兩個人挾持一個不停掙扎還一邊呻吟的婦人。

天色逐漸昏暗，然而伯特雷還是認出了福爾摩斯。他們挾持的婦人已經上了年紀，花白髮絲落在蒼白的臉上。這一行四人越走越近，來到柵欄旁邊。福爾摩斯拉開門，羅蘋一個箭步上前擋在福爾摩斯前面。

在令人膽戰心驚的沉默當中，這種見面方式更教人害怕。這兩個人互相打量，持續了一段時間，恨意讓兩個人的臉孔猙獰扭曲，雙方都沒有移動腳步。

羅蘋用讓人心寒的冷靜語氣說：「叫你的手下放開這個婦人。」

「不！」

這兩個人似乎擔心會挑起一場你死我活的爭鬥，各自在凝聚自己的力量。這次，多說無益，挑釁更是多餘，兩人之間只有一片死寂。

蕾夢急得幾乎失去理智，因為這場打鬥隨時會爆發。伯特雷拉住她的手臂，要她別輕舉妄動。

一會兒之後，羅蘋又說了一次：「叫你的手下放開這個婦人。」

「不！」

羅蘋說：「聽著，福爾摩斯……」

他猛然停了下來，知道這是白費口舌。在這個氣勢凌人、心高氣傲的大偵探福爾摩斯面前，威脅有什麼意義？

他決定面對最壞的狀況，全力以赴，於是突然把手伸進外套口袋裡。他的英國對手早就料及這個舉動，跳到了人質身邊，將手槍槍口對準老婦人的太陽穴。

「不准動，羅蘋，否則我立刻開槍！」

就在同一個時候，福爾摩斯的兩名手下掏出武器瞄準羅蘋……羅蘋全身僵硬，強抑下心中的怒火，冷冷地將雙手插在口袋裡，正面對著敵人說：「福爾摩斯，我說第三次了，放開那個婦人。」

福爾摩斯冷笑著說：「我沒權利動她，是嗎？夠了，你的戲演夠了！你既不叫做瓦梅拉斯，也不是什麼羅蘋，這些和夏姆拉斯一樣，都是你盜用的名字。你口中稱作母親的這個女人是維克朵娃，是一手把你帶大的老奶媽，是你的共犯……」

福爾摩斯犯了一個錯誤，復仇的欲望蒙蔽了他的理智，他把眼光轉向聽到眞相而備受驚嚇的蕾夢。羅蘋利用他的疏忽，趁機開槍。

「該死！」福爾摩斯高聲怒吼，他的手臂被羅蘋射中，側身倒地。

接著他命令手下：「你們兩個，開槍，開槍啊！」

這時候羅蘋已朝他們撲了過去，在不到兩秒鐘的時間之內，右邊這個人的胸部遭羅蘋重擊倒地，另一個則被打碎下巴，往後跌退到柵欄邊。

「維克朵娃，快動手，把他們綁起來……好，現在只剩下我們兩個人了，英國佬……」

他蹲下身子咒罵：「你這個混蛋傢伙！」

福爾摩斯用左手撿起手槍瞄準羅蘋。

槍聲響起……隨後是痛苦的尖叫！蕾夢衝到兩個人中間，面對著福爾摩斯。她搖搖晃晃地往後退，一手摀住喉嚨，蹣跚地想站穩腳步，一轉身卻跌落在羅蘋腳邊。

「蕾夢！……蕾夢！」

羅蘋撲上前去，將她抱在懷裡。

「死了。」他說。

一時之間，大家全愣住了。福爾摩斯似乎還沒能明白自己引發的後果。維克朵娃結結巴巴地說：「孩子……我可憐的孩子……」

伯特雷走到蕾夢身邊，檢查她是否仍有呼吸。羅蘋則是不停地說：「死了……死了……」他似乎還在思索，彷彿無法明白現下狀況。

他的臉色突然轉變，五官因爲痛苦而扭曲。接著，彷彿著了魔般地捶胸頓足，就像個承受不了痛苦的孩童。

「卑鄙啊！」他放聲嘶吼，心中的仇恨隨之一湧而出。

他揮拳擊倒福爾摩斯，緊緊掐住他的喉嚨。英國人喘著氣，卻絲毫沒有掙扎。

「孩子，孩子！」維克朵娃哀聲勸阻羅蘋。

伯特雷也跑了過來。但羅蘋已經鬆手，站在倒地的敵人旁邊啜泣。

這個景象實在太令人難過，伯特雷永遠忘不了這場淒涼的悲劇，他深切體會羅蘋對蕾夢的愛意，也瞭解這個大冒險家寧願犧牲自己，只求換來愛人的微笑。

夜幕籠罩著戰場，爲大地覆上黑布。三個英國人被綑住手腳，塞住嘴巴，丟在高高的草叢裡。寧靜的大草原傳來歌聲，訥維列特的農人下工回家了。

羅蘋站起身來，聆聽單調的歌聲。接著，他凝視訥維列特農莊，他本來打算陪著蕾夢，在這個快樂家園中度過寧靜的日子。他回過頭來看著她，可憐的女郎爲愛情犧牲性命，蒼白地睡去，永遠不會再醒過來。

農人接近了，羅蘋彎下腰，用強壯的雙手抱起死去的蕾夢，讓她俯趴在他的肩頭。

「走吧，維克朵娃。」

「走吧，孩子。」

「再會了，伯特雷。」他說道。

羅蘋揹起珍貴又令人哀傷的負擔，跟在老奶媽身後，不發一言，頑強地朝海邊去，走進無邊的黑暗當中……

譯註：

①皆是西洋美術史上的著名畫家：拉斐爾（Raphael）、薩托（Andrea del Sarto）、提香（Titian）、波提且利（Sandro Botticelli）、丁托列多（Tintoretto）、卡巴喬（Vittore Carpaccio）、林布蘭（Rembrandt）、委拉斯奎茲（Diego Velázquez）。

②Régent，亦稱為Pitt Diamond，重量為一百四十點五克拉，為世界四大鑽之一，典藏於羅浮宮內。

③凡・德・威登（Rogier van der Weyden，一三九九～一四六四），十五世紀尼德蘭畫家，擅長肖像畫。

④請參閱《怪盜紳士亞森・羅蘋——紅心七》。

法國 亞森・羅蘋 Arsène Lupin

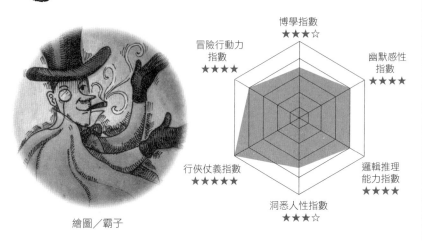

繪圖／霸子

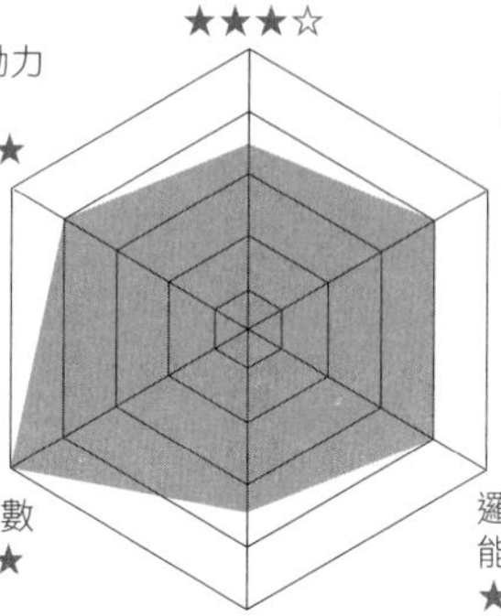

原作者 莫里斯・盧布朗（*Maurice Leblanc, 1864-1941*）

登場作 《怪盜紳士亞森・羅蘋》
Arsène Lupin Gentleman Cambrioleur

代表作 《813之謎》*813*

文／冬陽（推理評論名家）

怪盜亞森・羅蘋，一八七四年生，四歲時父親因犯下詐欺罪死在獄中，之後與母親共同生活在收留家庭，受盡嚴苛的對待，自此在其幼小的心靈埋下日後搖身成為怪盜的種子。

相較於福爾摩斯與布朗神父，羅蘋的推理手法並無特殊之處，不過增添了豐富的人生歷練，例如前述的童年遭遇、青年時期繽紛的感情與家庭生活、加入外籍兵團的冒險遊歷等等，成為亞森・羅蘋冒險故事的最大特色。這些故事的源頭和架構基本上仍屬推理小說的範疇，只是增添了更多浪漫的騎士精神，人情味濃厚許多。

除此之外，怪盜亞森・羅蘋的故事還可以用一個字來形容，那就是「變」。他可以將看守嚴密的寶物變不見，也可以自難以脫逃的牢獄中消失；他能夠自在地變換自己的長相、口音與筆跡，甚至把自己變成警察局長指揮辦案！

然而，罪犯化身警察的情節並非作者盧布朗首創。一八〇九年，法國惡名昭彰的大盜維多克受巴黎警局邀請加入警方掃蕩黑道，治安因此大幅轉好，維多克後來將此一經歷寫成回憶錄，這種正邪角色顛倒的真實事件反成了虛構故事的魅力來源，增加了小說的可看性。

附錄：推理界三大名角（二）

英國 夏洛克·福爾摩斯 Sherlock Holmes

繪圖／霸子

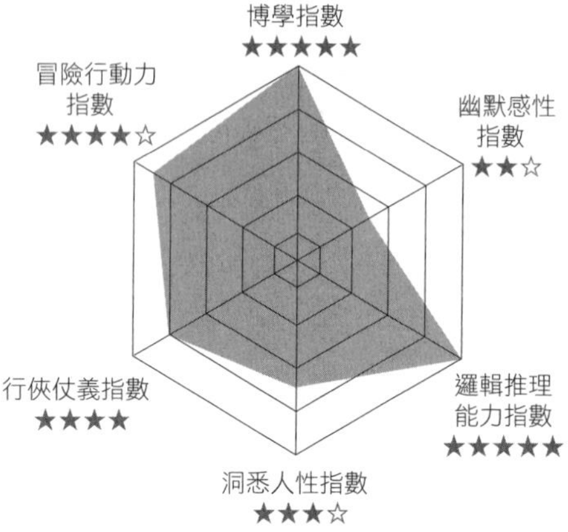

原作者 **亞瑟·柯南·道爾**（*Arthur Conan Doyle, 1859-1930*）

登場作 **〈血字的研究〉** *A Study in Scarlet*

代表作 **《巴斯克維爾的獵犬》** *The Hound of the Baskerviles*

文／冬陽（推理評論名家）

身高超過六呎（約一八三公分），體型瘦削，眼神銳利，鷹勾鼻，下顎方稜。自稱「顧問偵探」，專門解決私家偵探或警方無法查出真相的詭譎怪案，住在英國倫敦貝克街221B，室友是自戰場傷癒歸國的約翰·華生醫師，後來成為他最得力的助手，也是其冒險故事的記錄者。

學識淵博，尤其在科學、植物學、地質學與解剖學上有實務經驗，對菸草特別有研究；但對文學、哲學、天文學與政治學方面的認知趨近於零。觀察能力強，擅長運用歸納法與演繹法進行邏輯推理；另長於棍棒、拳擊、劍術與易容術，喜愛演奏小提琴、做化學實驗；生活中缺乏案件調查、無所事事時，會施打古柯鹼以尋求刺激。

系列故事中有幾位重要配角：「犯罪界的拿破崙」犯罪集團首領莫里亞蒂教授、蘇格蘭場警官雷斯垂德與葛雷格森、在英國政府任職的兄長麥克洛夫特、住所的房東赫德森太太，還有由貝克街上孩童組成的「貝克街偵查隊」。

晚年因年事已高，不再接手案件，退隱蘇塞克斯鄉間養蜂去了。

原作者亞瑟·柯南·道爾共完成五十六則短篇、四則長篇故事，後世作家所寫的仿作、贗作則不可勝數。

附錄：推理界三大名角（三）

英國 布朗神父 Father Brown

繪圖／霸子

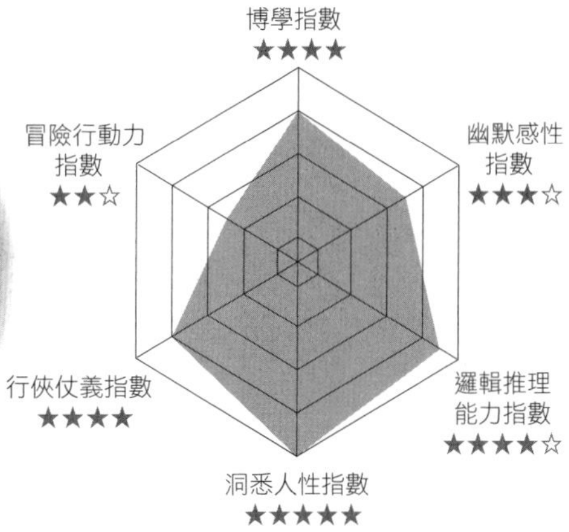

原作者 G. K. 切斯特頓 （*Gilbert Keith Chesterton, 1874-1936*）

登場作 〈鑲藍寶石的十字架〉*The Blue Cross*

代表作 《布朗神父的天真》*The Innocence of Father Brown*

文／冬陽（推理評論名家）

若說福爾摩斯是「物證推理」的翹楚，善於從案件現場尋獲的物件線索拼湊出真相，那麼，布朗神父絕對是「心證推理」的第一把交椅，開犯罪心理調查之先河。

布朗神父篤信羅馬天主教，身材矮小圓胖，臉上掛著圓框眼鏡，頭戴圓頂寬邊黑帽，終年身穿一襲黑袍，手持一把老舊的長柄雨傘（不時遺落忘了帶走），再加上平凡的長相、遲緩的舉動、木訥少話的性格，使得他極容易被眾人忽略，被認為是個窮酸的鄉下神父。

不過正因如此，布朗神父總能神不知鬼不覺地融入人群之中，細查每個人表情、肢體、言語上的細微變化，在他敏捷的腦海（跟他的外表一點都不搭調）中迅速推敲、運用他純真如孩童般的心靈盡情想像，往往一開口便語驚四座，造成「能洞悉人心」的驚奇效果。這絕非神蹟的展現或第六感使然，而是因為布朗神父擅長從「心理動機」著手調查，甚至從走廊上的腳步聲就能預知一樁犯罪行動，令人驚嘆。

原作者G. K. 切斯特頓共發表的五十一篇布朗神父短篇探案，其中安排了一位有趣的配角弗蘭博，與布朗神父的組合擦碰出不同於福爾摩斯與華生的趣味。

國家圖書館出版品預行編目資料

奇巖城／莫里斯・盧布朗（Maurice Leblanc）
著；蘇瑩文譯.
—— 初版. ——臺中市　：好讀, 2010.11
面：　公分，——（典藏經典；30）

譯自：L'Aiguille creuse

ISBN 978-986-178-166-2（平裝）

876.57　　　　　　　　　　99017035

好讀出版

典藏經典30

填寫線上讀者回函
請 掃 描 QRCODE

奇巖城

原　　著／莫里斯・盧布朗
翻　　譯／蘇瑩文
總 編 輯／鄧茵茵
文字編輯／林碧瑩
美術編輯／許志忠
發行所／好讀出版有限公司
台中市407西屯區工業30路1號
台中市407西屯區大有街13號（編輯部）
TEL:04-23157795 FAX:04-23144188 http://howdo.morningstar.com.tw
（如對本書編輯或內容有意見，請來電或上網告訴我們）
法律顧問　陳思成律師

讀者服務專線／TEL：02-23672044 / 04-23595819#230
讀者傳眞專線／FAX：02-23635741 / 04-23595493
讀者專用信箱／E-mail：service@morningstar.com.tw
網路書店／http : //www.morningstar.com.tw
郵政劃撥／15060393（知己圖書股份有限公司）
印刷／上好印刷股份有限公司
如有破損或裝訂錯誤，請寄回知己圖書更換

初版／西元2010年11月15日
初版十刷／西元2021年09月01日
定價：250元

Published by How-Do Publishing Co., Ltd.
2021 Printed in Taiwan

ISBN 978-986-178-166-2